KB117025

남편의
비밀 일기

초판 1쇄 발행 | 2016년 5월 16일

지은이 | 김 완 수
펴낸이 | 채 주 희
펴낸곳 | 해피&북스

등 록 | 제10-1562호(1985. 10. 29)
주 소 | 서울시 마포구 신수동 448-6
전 화 | (02) 323-4060
팩 스 | (02) 323-6416
이메일 | elman1985@hanmail.net
홈페이지 | www.elman.kr

값 12,000원

※잘못된 책은 바꾸어 드립니다.

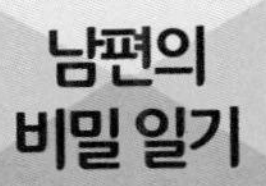

남편의 비밀 일기

김완수 지음

해피&북스

들어가는 말

세월은, 또다시 오를 자신감의 눈길로 되돌아 볼 수 없는, 가파르고 굴곡진 삶의 구비 구비를 단 한번 머뭇거려주지도 않은 채, 거센 바람으로 달아나버렸다. 직장 동료의 소개로 아내를 처음 만난 지도 아 - 어느덧 30여 년 전! 요즘 젊은이들처럼 프러포즈를 하는 기발한 이벤트는커녕, 사랑을 고백하는 편지 한 장 건네지도 않은 채 관례적 절차를 따라 얼떨떨한 심장으로 가정의 둥지를 틀었다. 물론 우리 세대 대부분의 남자들은 요즘 남자들처럼 사랑을 적극적으로 표현하지 못했다.

하지만 동행의 오랜 세월동안 해바라기처럼 나만을 바라보며 마음과 육체의 진액 전부, 아니 다시는 돌이켜 살 수 없는, 단 한번 뿐인 삶 전체의 잔뿌리 하나까지 다 바친 아내에게 '고마워요, 미안해요, 사랑해요' 짧은 세 문장을 단 한번 따뜻한 마음에 담아 전해보지 못한 이유를 유교적 문화의 잔재가 남아있는 세대의 탓만으로 돌리기에는 너무나 낯이 뜨겁다.

이 시점에서 돌이켜보면, 결혼할 당시부터 머리와 가슴속을 가득 채우고 있던 가장 큰 문제는 낡고 통속적인 결혼관 자체였다. 내 인생의 안일과 야망을 이루기 위해 예쁘고 능력 있는 사람을 만나야겠다는 육욕적이고 이기적인 마음이 깊이 뿌리박혀 있었다는 것을 고백하지 않을 수 없다.

대학 2학년 고시공부를 하다가 쓰러졌던 때부터 시작된 난치병이 6개월 전부터 악화되어, 대부분의 시간을 방바닥에 누워 아내의 도움으로 하루하루를 간신히 버티며 생활하고 있는 요즘, 지난 세월 아내와의 추억들이 사진첩처럼 눈앞을 스쳐 넘어가며 가슴속 깊은 곳에서 하염없이 눈물이 터져 나오고 있다.

왜 진작 아내의 소중한 존재감을 깨닫지 못하고, 곁을 지키며 돕는 것이 당연하다는 철부지 남편으로 살아왔던가! "그 동안 정말 고마웠소." 그 한 마디를 제대로 꺼내지 못하고, 뼛속에서 솟아나는 눈물을 찍어 가슴속에 혼자만의 비밀 일기를 쓰고 있었다.

그러던 어느 날, "나는 네 아내보다 너를 먼저 사랑했고 너를 사랑하기에 삶의 전부를 던졌고 지금 이 순간도 너를 사랑하고 있단다." 이런 음성이 가슴 깊이 날아들었고, 그 순간 뜨거운 눈물이 온 뺨을 흘러내렸다. 그 후부터 수시로 '그 남자'는 나를 향한 그의 절절한 사랑을 은밀하고 진지한 음성으로 들려주기 시작했다.

날이 갈수록 뜨거운 불길로 타오르는 그 남자의 지고지순한 사랑

(독자가 혹시 고개를 갸우뚱하는 동성연애는 아님)을 더 이상 견딜 수 없어, 가슴속에 써 내려가던 아내와 그 남자에 대한 비밀 일기를, 아내와 그 남자와 세상의 부부들에게 바치지 않고 이대로 죽을 수는 없다는 용기를 내어, 병석을 박차고 일어나 하루 단 몇 줄이라도 써서 모았다. 그 남자에 대한 독자들의 선입견을 피하기 위해 불가피하게 그의 이름을 밝히지 않고 간접적인 묘사로 그를 암시하였다.

평소에 아내에게 고마운 마음을 미처 전하지 못한 남편들, 자신의 마음을 몰라주는 남편 때문에 눈물 흘리는 아내들과 사랑을 위해 온 생애를 던진 별난 그 남자의 이야기가 궁금한 분들은 비밀 일기의 문을 열고 살며시 들어오라. 이 글을 읽는 모든 이들의 가슴에 자신의 배우자와 그 남자를 향한 사랑의 온천수가 솟아 넘치는 체험이 일어나기를 간절히 소원한다.

2016. 3. 22

지은이 김완수

사랑하는 아내(한상희)와 **그 남자에게**

이 책을 바칩니다

목 차

Part 1 아내의 사랑

Part 2 그 남자의 사랑

Part 3 세상 돋보기

아내의 사랑

Part 1

사표 던지기

결혼할 당시에 충북에 있는 고등학교 영어 교사였다. 시골에서는 남편감으로 교사가 꽤 인기가 있었다. 교사라는 직업은 안정된 직장이었고 교육자라는 것이 대체로 장점으로 인정받았기 때문이다.

하지만 교사직은 생각보다 쉽지 않은 일이었다. 직장의 첫 출발이고 한창 젊을 때라 몹시 의욕적으로 임했지만 경험이 부족한 풋내기로서는 대다수가 공부를 등한시 하는 농촌 학생들을 다루기 쉽지 않았고, 수업 이외의 과중한 잡무 처리, 성품이 괄괄한 교장 선생님 밑에서 적응해가는 것도 쉽지 않았다. 수업시간마다 말 안 듣는 학생들에게 잔소리를 퍼부어대며 심장이 부글부글 끓어오르기 일쑤였다.

날이 갈수록 초롱초롱한 눈망울에 꿈을 심어주는, 사회적으로 존경받는 직업이라는 낭만적인 환상은 산산 조각이 나고 아 - 내가 어쩌다 이런 생지옥에 들어오게 되었는가! 라는 후회를 하는 날이 많았다. 오후에 수업이 끝난 시간이면 빈 교실을 혼자 떠돌며 언제 사표를 낼까 하는 생각을 수시로 하였다. 교육에 특별한 사명감이 없는 자에게는 어려운 직업이라는 걸 절감한 까닭이다.

'대학원에 진학하여 교수가 되자!'

대학 시절 난치병의 극심한 고통과 좌절감으로 고시의 꿈을 접었는데도 출세에 대한 미련의 불씨가 가슴 한 구석 남아 있었다. 교사직이 힘겹다고 느끼는 날일수록, 고상하게 진행할 수 있는 강의의 편안함은 물론 사회적인 지위를 높이는 명예욕을 채우고자 하는 욕구의 불길이 점점 크게 타올랐다. 교직을 시작한 지 채 1년도 지나지 않아, 대학원 진학을 남몰래 결심하고 수업이 없는 자투리 시간을 이용하여 시험 준비에 돌입하였다.

그러던 차에 동료 교사의 소개로 아내와 선을 보았고 공부에 대한 결심을 털어 놓았다. 아내는 공부에 대한 꿈을 흔쾌히 받아주었고, 몇 개월 뒤에 결혼을 하게 되었다. 일 년여 뒤 아내는 아이를 낳았고, 수개월도 지나지 않아 충북에서 멀리 떨어져 있고 아는 친지가 단 한 사람도 없는 인천에 있는 대학 도서관에 취직을 하였다. 신혼에 아내와 떨어져 사는 것이 쉽지 않은 일이었지만, 서울에 있는 대학원에 진학하려는 간절한 꿈이 있었기에, 신혼의 달콤함을 내던지고 여러 가지 불편함을 기꺼이 감수하며 하숙생활을 시작하였다. 다행히도 아내의 노력으로 몇 개월 뒤에 인천에 있는 사립 여자고등학교로 직장을 옮겼다.

농촌에 있는 고등학교 남학생들과는 달리, 학구열도 높았고 교사에게 서로 잘 보이려는 애교가 철철 넘치는 학생들이 다수였다. 학교생활은 재미있었고 인기 있는 연예인이라도 된 것처럼 나날이 황홀할 지경이었다. 하지만 수업과 잡무를 반복하며 바쁘게 돌아가는 일상은 농촌 학교와 별로 다르지 않았다. 재미는 있었지만 미래에 대한 비전이 없는 허전함에 수시로 가슴에 공허한 찬바람이 부는 것은 마찬가지였다. 남 몰래 또다시 대학원 입시준비를 하기에 박차를 가하였다. 주로 담임한 학생들 자율학습 시간을 이용하여 그들과 같이 공부하였다.

1년 반쯤 지난 후 드디어 꿈에 그리던 숙원인 대학원에 합격을 하였다. 나의 꿈을 지지하던 아내도 무척 기뻐하였다. 하지만 기쁨도 잠시, 대학원에 다니려면 교사직을 그만두느냐 계속하느냐 하는 고민이 큰 파도처럼 가슴에 밀려 왔다. 이 소식을 알게 된 교장 선생님은 서울에 있는 대학원에 진학하려면 사표를 내야한다고 단호하게 말씀하셨다. 이번 선례로 교사들에게 타지에 있는 대학원 진학을 허용하면 교사들이 학교생활을 소홀하게 할 거라는 내심을 읽을 수 있었다. 하지만 숙원이던 이 기회를 포기하면 평생 후회할 것 같은 마음을 내려놓을 수는 없었다.

사표를 내는 것이 하늘의 뜻이라는 판단 하에 과감하게 사표를 내게 되었다. 아내는 단 한 번도 우려하는 모습을 드러내지 않고 내 의견을 지지해주었다. 마치 천진한 아이처럼 미래에 대한 환상의 풍선을 타고 하늘을 날아오르는 기분이었다.

오랜 세월이 흐른 지금 숙고해본다. 갑작스런 남편의 사표 소식을 접한 아내의 마음은 어떠했을까? 아내가 결혼을 결심하는 데도 큰 몫을 차지했을 안정된 직장을 순진한 소년처럼 꿈에 부풀어 집어던진다고 마냥 좋아하는 남편을 보고 차마 진학을 포기하란 말은 못하고 숱한 가슴앓이를 하지는 않았을까? 과연 남편의 비전을 전적으로 신뢰하고 그 꿈을 함께 바라보며 어떤 고통도 희생도 감수하기로 확신하는 마음이었을까?

외국의 어떤 명사(名士)는 세상에서 가장 아름다운 여인은 얼굴이 빼어나게 예쁜 여인이 아니라 남편의 잠자는 매력을 깨워주는 사람이라고 했다. 하지만 흔쾌히 남편의 꿈을 지지한 아내를 가장 매력적인 여인이라고 이제껏 생각해 본 적이 없다. 아내가 남편의 장래를 위해 내조하는 것이 당연하다는 생각뿐이었다.

'어려서는 부모의 뜻을 따르고 결혼해서는 남편의 뜻을 따르고 늙어서는 자식의 뜻을 따라야 한다. 여자는 한번 결혼을 하면 그 집 귀신이 되어야 한다'는 등의 유교적 가치관에 나도 모르게 물들었던 것 같다. 아마 요즘 젊은 세대들이 이런 말을 들으면 코웃음을 칠 것이다. 일고의 가치도 없다고 분노를 표할 것임에 틀림없다.

그런 유교적인 가치관을 전적으로 신봉하지는 않았지만, 아내는 남편의 내조자라는 관념은 당연시하며 살아왔다. '내조자'라는 개념을 현대적인 관점으로 이해하지 못한 채 긴 세월 동안 가부장적 문화에서 자란 통속적 개념의 뿌리가 무의식 속에 깊이 내려있는 걸 모르고 있었던 것 같다.

불평 없이 묵묵히 내 의견을 신뢰하고 늘 용기를 북돋우며 살아준 당신이 고맙소. 수십 년 동안 잘못된 결혼관을 품고서 당신의 의견을 존중하기보다 늘 내 주장을 강요했던 어리석고 뻔뻔한 남편을 용서해주오. 소심하면서도 자존심이 강해서 얼굴을 대면한 채 표현하지 못하고 이렇게 속마음을 털어놓고 있다오.

성경에서는 "… 남편들도 자기 아내 사랑하기를 제 몸같이 할지니 자기 아내를 사랑하는 자는 자기를 사랑하는 것이라" (에베소서 5:28) 말하고 있는데, '제 몸 같이'라는 말은 어떤 상황에서든 내 의견을 앞세우기 전에 아내의 마음을 내 눈동자처럼 조심스럽고 소중하게 배려하라는 뜻일 것이다.

이 말 뜻을 곱씹어 새겨보며 앞으로는 어떤 말이나 행동을 하기 전에 당신의 마음을 먼저 헤아리는 남편이 되도록 노력하겠소. 숱한 나날 충동적으로 말하고 행동하여 당신의 마음에 깊은 상처를 남긴 밉살스런 철없는 남편을 용서해주오.

석사 과정을 끝마칠 무렵이었다. 교직을 그만두고 공부에만 전념하던 때라 대학원 수업이 없는 날들에는 아침부터 저녁까지 인천에 있는 중앙도서관에 가서 살다시피 공부를 하였다. 가끔씩 우연히 교사 시절의 여학생 제자들을 만나는 일이 있었다.

그러던 어느 날 저녁 집에 와서 밤 시간이 되었는데 밖에서 제자들 또래목소리 둘이 들려왔다. 그들은 수다를 떨며 내 이야기를 하는 것 같았다. 문제는 그들의 이야기가 밤새도록 지속되는 것이었다. 정확한 내용을 알아들을 수는 없었지만, 신경이 쓰여 밤새도록 한숨도 잠을 못 잤다. 아침 산책을 하러 근처에 있는 선인 체육관 언덕을 오르는데 그들의 목소리가 여전히 들렸다. 정신이 혼란스럽고 피곤해서 운동을 제대로 하지 못 하고 집으로 돌아와 아내에게 그들 이야기를 하며 옆집에 누가 사는지 확인해보라고 했다. 이웃을 돌아 본 아내는 그런 학생들이 전혀 살지 않는다고 했다.

하지만 그들의 이야기는 삼일 동안 계속되었다. 심신이 지칠 대로 지쳐갔다. 아내는 공부에 무리를 하여 몸이 허한 탓인 것 같다고 시골 부모님 댁에 휴가를 다녀오자고 했다. 그리하여 아내와 둘이 서울에 있는 시외버스 터미널로 갔다. 가는 도중에도 두 명의 목소리가 뒤에서 계속 들려왔다. 가끔씩 뒤를 돌아보며 누가 미행을 하는지 확인하기도 하였지만 뒤에 보이는 사람들은 무표정한 낯선 사람들이었다. 그래도 두 사람이 따라온다는 생각을 떨쳐버리지 못하고 시골행 버스가 출발하기 바로 직전 버스에 올라탔다. 그들이 따라 타지 못하게 하려는 의도였다.

버스에 타자마자 안도의 한숨을 쉬며 기진맥진한 몸을 의자에 던졌다. 하지만 잠시 뒤 뒷좌석에서 내 얘기를 하는 그들의 음성이 들려왔다. 뒤를 돌아보고 확인해보았지만 제자 또래의 사람은 한 사람도 보이지 않았다.

불안한 마음을 억누르며 녹초가 된 몸으로 아내의 손을 잡고 간신히 시골집에 도착했다. 그들이 뒤에서 계속 따라오는 느낌이 들었다. 정말로 이해가 되지 않았다. 어머니는 연락도 없이 찾아온 아들과 며느리를 보자 놀라운 마음으로 반겨주며 서둘러 저녁밥을 준비하였다.

쇠진한 몸을 추스르며 저녁밥을 먹으려 숟가락을 들자, 집 밖에서 그들 중 한 명의 음성이 들려왔다. "먼 길을 따라왔는데 너만 처먹으려고 하니?" 그 말을 듣자 밥이 넘어가질 않았다. 즉시 사립문 앞으로 나와서 누가 있는지 둘러보았다. 하지만 아무도 없었다. 어머니께 그들에 관한 자초지종을 말씀 들리고 지서에 가서 신고를 해달라고 부탁하였다.

어머니는 허둥지둥 지서로 달려가 신고를 하였다. 하지만 그날 저수지에 익사 사건이 발생하여 당직 경찰 한 사람 이외에는 모든 경찰이 그곳에 가서 자리를 비울 수가 없다는 말을 전하셨다. 가슴이 답답하여 집 앞에 있는 논배미를 향하여 소리쳤다. "너희들은 도대체 누구냐? 무슨 불만이나 원한이 있기에 여기까지 따라 왔느냐? 내가 잘못한 일이 있다면 경찰서에 신고를 하든지 그렇지 않으면 떳떳이 나타나서 시시비비를 가려보자. 비겁하게 숨어서 욕만 하지 말고!"

그러나 그들은 눈앞에 나타나지 않고 말하기를 계속하였다. "너를 피를 말려 죽이러 왔다. 석사, 박사학위를 받고 출세를 한다고? 천만에 말씀!"

심장이 터질 것만 같았다. 미친 사람처럼 손전등을 들고 집 주변과 논을 샅샅이 뒤졌다. 하지만 그들의 모습은 발견할 수 없었다. 그때서야 아내와 나는 그들이 사람이 아니라 귀신일 수도 있다는 생각이 들었다.

문제의 심각성을 어느 때보다 진지하게 부모님께 말씀드리고 근처 동네에 있는 교회에 가서 철야기도를 하였다. 그들은 교회 건물 창문 밖에서 남의 교회에 와서 밤새도록 불을 환히 밝히고 무슨 짓을 하는 거냐고 밤새도록 비난을 퍼부었다. 보이지는 않았지만 음성은 또렷이 들렸다. 새벽기도 시간이 되자 여러 성도들이 나를 위해 기도를 했지만 그들의 악담은 계속되었다. 기도회가 끝나자 기진맥진한 몸을 이끌고 겁에 질린 어린아이처럼 아내의 손을 꼭 잡고 의지한 채 긴장감으로 온몸을 떨며 집으로 향했다. 그들이 뒤에 따라오는 것이 느껴졌다. 그들의 괴롭힘은 쉬지 않고 계속되었고 나의 심신은 최악으로 나약해져서 혼절할 지경이 되었다. 부모님은 안절부절하시며 정신과라도 가봐야 되는 것 아니냐고 말씀하셨다.

시골에 가서 뜬눈으로 밤을 새우며 사경을 헤매던 3일 째 되던 날 아침, 혼미한 정신으로 누워 있는데, 어떤 장엄한 음성이 갑자기 바람처럼 가슴에 날아들었다. "어서 일어나 시편 143편을 읽어라" 다급한 마음에 두꺼운 성경책 대신에 찬송가책만 가져간 지라 찬송가 교독문을 뒤져보았다. 다행히 시편 143편이 나왔다. 그 내용은 신기할 정도로 나의 상황과 꼭 같았다.

"… 원수가 내 영혼을 핍박하며 내 생명을 땅에 엎어서 나로 죽은 지 오랜 자 같이 흑암한 곳에 거하게 하였나이다. 그러므로 내 심령이 속에서 상하며 내 마음이 속에서 참담하니이다. 내가 옛날을 기억하고 주의 모든 행하신 것을 묵상하며 주의 손의 행사를 생각하고 주를 향하여 손을 펴고 내 영혼이 마른 땅 같이 주를 사모하나이다. 여호와여 주의 이름을 인하여 나를 살리시고 주의 의로 내 영혼을 환란에서 끌어내소서. 주의 인자하심으로 나의 원수들을 끊으시고 내 영혼을 괴롭게 하는 자를 다 멸하소서…."

읽자마자 그들은 한순간에 어디론가 안개처럼 사라졌다. 다시 자리에 누었다. 그러자 어느새 그들이 다시 곁에 나타나 악담을 퍼부었다. 방금 전과 같은 장엄한 음성이 또다시 들려왔다. "일어나 계속해서 읽어라." 탈진한 몸을 일으켜 다시 읽기 시작했다. 그들의 음성은 금방 사라졌다. 치열한 영적인 싸움이 일어난 것 같았다. 기도문을 계속 읽자 다행히도 잠시 후 그들의 음성은 완전히 사라지고 마음에 황홀한 평안이 찾아왔다.

그 날부터 정상적으로 잠을 자게 되었고 이 모든 것을 직접 경험하신 부모님은 하나님이 정말 살아있는 것 같다고 말씀하시며 교회에 나가게 되었다. 그 후로는 농담으로라도 귀신이 정말 존재하는지 의심조차 하지 않았다. 귀신이란 단어만 들어도 온몸에 소름이 돋았기 때문이었다.

악몽 같은 날들을 보내고 평온을 되찾자 아내는, "당신은 아플 때만 잘해요" 하며 미소를 지었다. 여태껏 살며 아내의 손을 꼭 잡고 연약한 아이처럼 의지한 적이 없었다. 아내가 정말 소중한 존재임을 절절하게 깨달은 일 주일이었다. 항상 아내에게 권위적으로 대하며 큰 소리 치기가 일쑤였던 내가 철저히 무너진 경험이었다. 질병은 자만심과 교만의 눈꺼풀을 벗겨버리고 겸손과 사랑의 눈으로 아내를 바라보게 만들었다.

하지만 건강을 되찾자, 또다시 이전과 비슷한 오만한 자세로 아내의 마음을 배려하지 않고 수시로 화를 내며 불평이나 비난을 쏟아부었다. 그럴 때마다 아내는 "아플 때만 잘해요."라는 말을 반복하였다. 뼈저린 고통을 겪으면서도 오랜 기간 굳어버린 가치관을 뿌리 뽑기는 어려운 것 같았다. 화를 낼 때마다 곧바로 미안한 마음으로 후회를 하였지만 소심한 자존심은 '화내서 미안해.'라는 말을 하지 못하게 입을 틀어막았다.

여보, 미안해. 나약할 때만 당신의 소중함을 느끼고 목소리를 낮추는 얄팍한 모습의 내가 나도 밉다오. 앞으로는 언제나 변함없이 당신의 마음을 존중하고 화를 자제하도록 노력할 게. "노하기를 더디 하는 자는 용사보다 낫고 자기의 마음을 다스리는 자는 성을 빼앗는 자보다 나으니라." (잠언16:32) 라는 성경 말씀을 마음 깊이 되새김질해본다.

아내에게 바치는 시 1

아 내

김완수

비바람, 천둥 번개, 눈보라가

수시로 몰아치는

굽이굽이 험난한

산 너머 산

혼자서 오르기에는

외롭고 지루하고 힘든 길을

희망찬 낭만의 꿈을 같이 꾸며

사랑의 심장으로 끌어주고 밀어주는

행복의 길동무

때로는 나로 인해
피눈물을 흘려도
한 푼의 대가도 바라지 않고
피땀으로 모든 것을 쏟아 붓는
그런 선물이 이 세상에 또 있을까

고귀한 선물을 주신 그 분과
길동무의 기쁨을 위해
향기 짙은 감사의 꽃송이를
날마다 영원토록
뜨거운 영혼의 심장으로 피우리라

자랑스러운 미소의 주인공

아버지가 돌아가신 지도 어느 덧 20여 년이 흘렀다. 노년의 2년간을 막내아들인 우리 집에서 생활하셨다. 아버지는 평생 힘든 농사일을 하시며 사신 백전노장이라 그런지, 어떤 불편한 상황에 처하더라도 노여움을 나타내시거나 불만족을 표현하지 않으시고, 범사에 허허 웃으시며 관대한 태도를 보이셨다.

수시로 초등학생 아들 교육 문제 때문에 부부 싸움을 해도, 아버지는 아직 어리니까 너무 나무라지 말라고 격려하시며 집안 분위기를 화목하게 다독여주셨다. 식사 때마다 반찬이 별로 없어도 타박 한번 하지 않으셨고, 아내는 무던하신 시아버지를 무척 고마워하였다.

식사 때를 제외하고는 주로 아파트 경로당에 가셔서 온 종일 동네 어르신들과 시간을 보내곤 하셨다. 대부분의 사람들은 어른을 모시면 그 자체로도 부담이 되고 여러 가지로 힘들다고 한다. 그런데 우리 부부는 맞벌이를 하기 때문에 바빠서 아버지를 잘 챙겨드리기 힘든 상황인데도 불구하고, 아내는 전혀 불편함을 내색하지 않고 항상 발랄하고 붙임성 있게 아버지를 대하며 딸처럼 행동하였다.

아버지는 며느리에게 살가운 정을 표현하시지는 않았지만, 아파트에서 누구를 만나도 우리 며느리는 좋은 직장을 다닌다고 하시며 자랑스러운 미소를 지으셨다. 약주를 한 잔 하시는 날에는 깊은 주름살이 펴지도록 밝게 웃으시며 "노인정에서도 훌륭한 아들, 며느리 두었다고 우리 집에 대한 공기가 좋다."고 말씀하셨다. 대학원에 다니는 저를 보시고는 아내에게 "저 녀석이 존재 가치를 높이려고 뒤늦게 공부를 하는 거다." 하시면서 아내가 내조를 잘하기를 은근히 표현하셨다. 옛날 어려운 시절에 태어난 분이라 학벌은 내세울 게 없으셔도 매사에 지혜로우시고 며느리를 다루는 솜씨가 뛰어나셨다. 수시로 아내의 애교 섞인 말에 아버지의 주름살에 환하게 피어난 꽃을 볼 때마다 아내에게 몹시 고마운 마음이 들었다. 하지만 아내에게 고맙다는 말이나 선물을 가식적으로라도 단 한 번 표현하지 못하고 오늘까지 살아왔다. 아무리 좋게 합리화하려해도 고지식하기 이를 데 없고 멋대가리 없는 못난 남편인 게 사실이다.

아내는 내가 미운 짓을 하여 아무리 화가 나도, 형이 있는데도 왜 막내인 당신이 아버지를 모시느냐고 따지는 법이 없었다. 일요일이면 언제나 아버지를 모시고 교회에 가곤 하였다. 아버지는 이론적으로 기독교에 대한 강한 확신이 있는 것 같지는 않으셨지만 한 주도 빠짐없이 예배에 참석하시며 교회에 가시는 걸 좋아하셨다.

아내는 아버지를 모시기 전부터도 교회에서 어른들을 대하는 태도가 남달랐었다. 노인들을 보면 언제나 친절히 인사를 하고 팔짱을 끼고 부축해드리곤 했다. 어려서 할머니의 사랑을 듬뿍 받으며 자라서 그런지 어르신들을 보면 정이 간다고 했다. 아버지는 물론 어른들을 공경하는 아내의 태도가 보통 여자들과는 사뭇 달리 따뜻한 정이 흘러 넘쳤다.

반면에 나는 장인, 장모님을 만날 때마다 어려운 느낌이 들어 정겹게 대하지를 못했다. 한번은 장인어른이 우리 집에 방문하셨는데 어색하게 대하는 사위의 태도가 못 마땅하셨는지 서운한 감정을 드러내며 식사도 하지 않으시고 댁으로 돌아가셨다. 사위로서 무척 난감하고 당황스러워서 용서를 빌었지만 끝내 발길을 돌리셨다. 하지만 아내는 남편의 태도에 서운함을 노골적으로 드러내지 않았다. 내심으로는 틀림없이 무척 서운했을 텐데…….

아버지는 특별히 잡수시고 싶은 음식이 있으시면, 아내에게 타박이나 요구를 하지 않으시고 시장에 가셔서 슬며시 그 식품을 사오시곤 하셨다. 좋아하셨던 대표적인 음식이 호박이었다. 가끔씩 호박 한두 개를 사들고 미소를 지으시며 부엌에 갖다 놓으시던 모습이 지금도 생생하다. 그러면 아내는 눈치를 채고 새우젓을 넣은 호박 볶음 찌개를 하여 식탁에 올리곤 하였다. 아버지는 흐뭇한 미소를 지으시며 맛있게 드시곤 하셨다.

매일 아침 일찍 출근하는 아내는 아버지가 드실 점심 반찬을 미리 준비하여 상에 덮어 놓았다. 몸이 나약한 아내는 퇴근 후 늘 파김치가 되어 돌아와 저녁식사를 준비하였지만 귀찮은 내색을 한 번도 하지 않고 치아가 안 좋으신 아버지를 배려하여 김치도 작게 썰어 대접하였다.

아버지를 모신 지 2년 뒤에는 서울에 사시는 형님이 아버지를 모시고 가셨다. 우리 집에 사실 때에는 감기 한 번도 걸리지 않으시고 건강하게 사셨는데 형님 댁에 가셔서는 중풍으로 고생을 하시다가 돌아가셨다. 때때로 아내는 막내아들 집에서 2년을 모셨기 때문에 형님 댁에 미안하거나 죄책감이 들지도 않고, 우리 집에서는 단 한 번 편찮으시지도 않아서 우리가 참 복이 많다는 이야기를 했다.

돌아가신 아버지가 그리울 때마다 아버지의 자랑스러운 미소가 떠오른다. 동시에 형님 댁에서 아버지가 더 이상 있기가 불편하다고 우리 집으로 오신다고 하실 때 흔쾌히 받아드린 아내가 더 없이 고맙기만 하다. 여느 아내들 같으면 왜 형님이 있는데 구태여 막내가 모시느냐고 불평을 하며 심각한 충돌이 일어났을 것이다. 요즘 젊은 부부들 같으면 이야기도 꺼내기조차 어려운 문제일 것이다. 특별한 경우가 아니면 며느리가 시부모와 절대 살지도 않으려니와 어쩔 수 없이 시부모와 사는 경우에도, 부모들이 며느리 눈치를 보며 스트레스를 받고 사는 것이 현실이 되었으니까 말이다.

피와 땀을 다 쏟으며 애지중지 키우시고 결혼 이후까지도 뒷바라지를 마다하지 않으시는 부모들을 생각하면 자식으로서 첫째냐 막내냐를 따지지 않고 부모를 모시는 것이 당연한 일이거늘, 요즘 젊은 부부들은 '시월드'라는 신조어를 만들어 내며 노골적으로 시부모 모시기를 거부한다니 정말 살벌한 세상이 되었다는 생각이 든다.

자식이 부모를 버렸다, 보험금 때문에 자식이 부모를 죽였다는 등의 끔찍한 소식을 뉴스로 접할 때면 아무런 갈등 없이 아버지를 따뜻하고 살갑게 모셔준 아내가 말할 수 없이 정말 고맙다. 따사로운 마음이 부족한 내가 보답을 하지 못했으니 천국에 가서라도 큰 상을 받을 것이 틀림없을 것이라고 확신한다.

짧은 기간이지만 한번 뿐인 인생에서 아버지를 모셨다는 것은 정말 가치 있고 축복 받은 일이라는 생각이 든다. 철없는 남편으로서 고맙다는 표현 한번 못하고 지낸 것을 이제와 돌이킬 수는 없지만 아내에게 심장의 뜨거운 피로 빚어낸 이 비밀 일기장을 바친다.

여보! 정말 고마워! "네 부모를 공경하라 그리하면 너의 하나님 나 여호와가 네게 준 땅에서 네 생명이 길리라." (출애굽기20:12)는 성경말씀 대로 장수의 복을 누리기를 늘 기도할 게. 인정 없는 남편이지만 함께 산책도 하고 여행도 하며 오순도순 여생 길을 행복하게 걸어갑시다.

고부간의 갈등은 낯선 외래어

대학을 졸업하고 충청북도 무극이라는 시골에서 고등학교 교사를 하며 하숙을 하고 지냈다. 그러던 어느 날 지금의 아내와 선을 보고 수개월 후에 둘이 시골에 계신 부모님께 인사를 드리러 갔다. 아내는 어머니가 좋아하실 거라며 시골 집 근처의 버스 정류장에서 한복을 곱게 바꿔 입고 집을 방문하였다.

"엄마, 색시 감 데려왔어요." 전화기도 없던 시절 갑자기 여자와 함께 나타나자 어머니는 눈물이 날 정도로 반색을 하셨다. 누가 먼저라 할 것 없이 어머니와 아내는 서로 와락 끌어안았다. 잠시 후 아내는 아버지와 어머니 앞에 정성껏 절을 하였다. 초면인데도 어머니는 오랜 만에 만난 딸처럼 정겹게 대화를 주고받으며 난생 처음 보는 흐뭇하고 행복한 표정을 지으셨다.

결혼 후 가끔씩 우리가 시골집을 찾아뵙거나 어머니가 우리 사는 집을 방문하실 때도 어머니는 변함없이 만나는 순간부터 며느리와 포옹을 하시고 그 동안 밀린 정담을 나누셨다.

한 번은 직장 관계로 우리가 인천으로 이사를 간 후, 어머니가 시골에서 찾아오셨다. 큰 보따리를 머리에 이고 엘리베이터도 없는 아파트 계단을 4층이나 힘들게 올라오셨다. 보따리를 열어보니 시골에서 몸소 채취해서 만드신 산나물 등 반찬이 열 가지도 넘게 들어 있었다. 아내는 감격의 눈물을 흘렸다. 계시는 동안도 아내가 직장에 간 낮 시간을 이용하여 방 청소와 장롱 정리를 하셨다. 아내가 편안히 쉬다 가시라고 아무리 만류를 해도, 직장 다니느라 집안일을 할 시간이 있겠느냐며 매일매일 하루 종일 쉬지 않고 일하시다 시골에 내려 가셨다.

저녁에 아내와 대화를 나눌 때면 손을 잡고 쓰다듬으며 직장 일이 얼마나 고되냐고 눈물을 흘리시며 위로하셨다. 아들 얘기를 하실 때도 우리 아들은 성질이 고약하니 네가 많이 이해하고 참고 살라 하시며 언제나 아내 편을 들어주셨다.

만날 때마다 변함없는 어머니의 진심어린 사랑과 인정에 아내는 늘 감동을 받았다. 이웃 사람들이나 친한 교인들과 이야기를 나눌 때면 시어머니가 친정 엄마보다도 더 좋다고 자랑을 하였다.

어머니가 병환으로 서울에 입원을 하여 몸져누워 계실 때도, 직장일로 하루 종일 피곤한 몸을 이끌고 인천에서 서울까지 이틀에 한 번씩 병문안을 가서 새우잠을 자고 새벽에 인천으로 내려와 출근을 하곤 하였다. 누가 보아도 두 사람은 시어머니와 며느리의 관계로 볼 수 없었다. 병원에서 돌아가시는 그날까지 38킬로그램의 몸무게로 어머니를 사랑으로 극진히 대하였다. 어머니도 아내를 좋은 직장을 다니는 며느리로 자랑스러워하시며 예뻐하셨다.

우리 부부는 맞벌이를 했기 때문에 상당 기간 어머니께서 손자를 키워주셨다. 남아선호 사상을 가지신 어머니께서는 자식들 중에 처음으로 손자를 보았다고 기뻐하시며 연로한 연세에도 불구하고 지극정성으로 아들을 키워주셨다.

아내와 처음 만날 때부터 돌아가시는 순간까지 어머니와 아내에게는 세상 사람들이 흔히 말하는 고부간의 갈등이란 말은 정말 낯선 외래어에 불과했다. 살아생전 만날 때마다 "내 아들과 살아줘서 정말 고맙다."는 말을 연발 하셨다. 시골 분이라 아파트에 사는 우리 집에 오셔서도 1층부터 5층까지 집집마다 시골 이웃집처럼 방문하시며 대화를 나누시고 입이 닳도록 아내를 칭찬하셨다.

이웃에 사는 내가 아는 며느리들을 보면 시어머니가 방문하시면 오시는 순간부터 가시는 순간까지 긴장감을 감추지 못하고 내숭을 떨며 아주 불편한 손님을 대하듯 하는 사람들이 대부분이다. 그런 며느리들에 비하면 아내는 특이할 정도로 어머니를 어려워하지 않았다.

그 원인을 몇 가지로 생각해본다. 어머니는 순박한 시골 분이고 며느리와 나이 차이도 많고 워낙 인정이 많으신 분이라 딸처럼 며느리를 대하는가 하면, 아내는 밝고 외향적인 성격의 소유자라 누구를 만나도 어려워하거나 긴장하는 태도를 보이지 않는다. 그런데다 어르신들에게는 누구를 막론하고 다정다감하게 대하는 습성이 평소에 몸에 배어 있기 때문에 어머니께 정감을 자연스럽게 표출한 것 같다.

이유야 어쨌든, 어머니와 사이가 각별한 다정한 모녀처럼 보이는 모습을 보면 마음이 훈훈하고 행복해진다. 지나간 추억들을 생각해 보면 너무나 따뜻하고 아름다운 정경이 감동어린 영화의 장면들처럼 생생히 스친다. 반면에 어머니 뱃속에서 태어날 때부터, 평생토록 어려운 가정 형편에 손마디가 다 뒤틀리도록 온 몸의 피와 정성을 다 빨아먹은 아들로서, 돌아가시는 순간까지 감사하다는 표현을 한 번도 제대로 표시하지 못한 용서 받지 못할 철없는 불효자였음에 가슴이 찢어질 듯 아리다.

여보! 고마워요. 당신은 우리 집안에 날아든 천사임에 틀림없소! 당신은 낳아준 부모가 아닌데도 이 세상의 어떤 친 자식 이상으로 아낌없이 효도를 한 효부라 생각하오. 그 고마움을 어찌 몇 마디 감언이설로 표현할 수 있으리오. 이제는 어머니가 그리울 때마다 입술로 화려하게 표현하지는 못 하더라도 당신의 노고를 잊지 않고 가슴 깊이 고마워하겠소.

한편 당신의 고마움을 갚을 길 없어 마음이 무겁소. 장인, 장모님이 다 돌아가셨으니 당신이 어머니께 베푼 사랑의 천만분지 일이라도 표현할 길이 없어 죄스럽고 안타까울 뿐이라오. 왜 그 분들이 살아계실 때 살갑게 행동하지 못 했을까? 사위도 자식이라는데 특히 장모님의 사랑을 듬뿍 받으면서도 표현할 주변머리가 없었을까? 뒤늦게 후회를 한들 무슨 소용이 있으리오. 하지만 그 사랑 가슴 깊이 간직하고 수시로 고마운 마음을 하늘나라에 계신 그 분들께 올리도록 하겠소. 그 분들도 철없는 사위를 용서하고 반가워하리라 믿소.

여보! 당신은 나중에 하늘나라에 가면 상급이 높을 것이오. 그 누구보다도 시부모에 대한 극진한 효성을 다 바쳤으니까 말이오. 곁에서 뜨거운 박수를 보내줄 테니 효부 상을 받는 그 날을 상상하며 이 생을 마감하는 그날까지 행복하게 살아주오. 잘 하는 건 없어도 외롭지 않게 당신과 함께 여생을 동행하도록 노력할 게. 노년의 건강을 위해 날마다 함께 기도합시다.

아내에게 바치는 시 2

사랑의 기쁨

로버트 브라우닝
(김완수 역)

그리운 님이여, 당신은 내가 쓰러져 있던
이 메마른 땅에서 나를 일으켜 세우고
거친 머리 결 사이로
생명의 입김을 불어넣어서,
당신의 구원의 입맞춤 앞에 내 이마는
다시 소망의 빛을 발하오.
모든 천사가 내려다보고 있다오.
내 님, 내 님이여, 세상의 모든 희망이 사라졌을 때,
내게 오신 님,

오직 하나님만을 갈구하던 나는 님을 발견했어요!
그리하여, 나는 포근하고 든든하며 기쁨에 들떠 있다오!
이슬 없는 천국의 꽃 사이에 서 있는 이가
지상의 피로한 시간을 뒤돌아보듯,
나도 부푼 가슴으로 여기 선과 악 사이에 서서 증언한다오.
사랑은 죽음처럼 강하나 생명을 소생시키기도 한다는 걸.

박사 꽃과 시인의 열매

결혼할 당시에 아내는 충주에 있는 고등학교 도서관 사서로 근무를 했고, 나는 무극에 있는 고등학교 교사로 근무를 했다. 맞벌이를 하는 전형적인 가정이었다. 서로 바쁘기는 했지만 경제적으로는 남부럽지 않은 가정이었다. 아내는 임신 후 퇴직을 하였다가 출산 후 인천에 있는 대학 도서관 직원으로 다시 취직을 하였다.

하지만 나는 인천에 있는 고등학교로 직장을 옮겨 일 년 반 정도 교편생활을 하다가 대학원 진학으로 퇴직을 하였다. 결국 가정의 주된 경제력을 유지해 가는 것은 아내 쪽이었다. 대학원 석사과정을 다니며 중고생 과외지도를 하기도 하고 학원 강사를 하기도 했지만 매월 수입이 많지도 않고 일정하지도 않았다. 박사과정 때는 몇 개 대학 강사를 하며 학업에 열중하였다. 아마 아내가 직업이 없었더라면 대학원의 꿈을 포기했을 것이다.

아내의 경제적 후원과 적극적인 격려 덕분에 안정되고 편안한 마음으로 영문학 박사의 꽃을 피울 수가 있었다. 문학을 전공하며 이론적 지식을 쌓게 되자 시인이 되고자 하는 또 다른 욕심을 내게 되었다. 결국 학위를 받은 후 일 년 정도 지나자 시인의 열매도 맺을 수가 있었다.

어린 시절을 돌이켜 보면, 우리 집은 시골에서 아버지가 농사를 지으셨기 때문에 경제적 형편이 어려워 중학교도 보내주지 못하는 상황이었다. 당시에 초등학교 교장 선생님 덕분에 군에서 한 명 뽑아 3년간 혜택을 주는 체신 장학생이 되는 덕분에 운 좋게도 중학교에 입학할 수 있었다. 고등학교는 형이 대학 진학을 포기하고 수확량이 많은 통일벼가 나오는 바람에 하숙을 하며 간신히 졸업할 수가 있었다. 대학에 들어가서는 4년간 과외지도나 가정교사를 하며 힘겹게 졸업을 하였다. 그리하여 교사가 된 것이었다.

박사나 시인은 어린 시절에 들어보지도 못한 단어인지라 꿈에 그려보지도 못했다. 아내 덕분에 상상치도 못했던 꿈을 성취한 셈이었다. 대학원은 석사과정이 2년, 박사과정이 3년이라 박사학위를 취득하기까지는 최소 5년의 기간이 걸린다. 논문 쓰는 기간이 길어지면 6,7년이 걸리기도 한다. 뒤늦게 의욕적으로 시작한 공부라 5년 만에 박사학위를 취득했지만, 결혼 초등생인 우리 형편으로는 그간의 등록금이 상당한 부담이었다. 때때로 아내가 동료 직원들에게 아쉬운 소리로 빚을 얻기도 하며 말로 다할 수 없는 우여곡절 끝에 박사의 꽃을 피운 것이다.

교수가 되는 꿈을 향해 희망찬 열정으로 신나게 달려가는 나는 어려운 형편에 내조를 하는 아내의 마음을 제대로 헤아리지 못했다. 하지만 아내의 애로는 한두 가지가 아니었다. 함께 낭만적인 즐거운 시간을 누리기는커녕, 비싼 등록금 부담뿐만이 아니라 공부를 한다고 TV도 마음 놓고 보지 못하고 수시로 보는 시험 때마다 긴장을 하며 입학시험, 종합시험, 학위 논문을 쓰는 기간 내내 함께 희비의 고뇌를 겪어야만 했다. 때때로 힘이 들 때면 결혼 전에 공부를 하지 그랬느냐, 당신이야 좋아서 공부를 하지만 나는 왜 이 고생을 해야 하느냐고 푸념을 하기도 했다.

그럼에도 박사학위를 따면 교수가 될 거라는 희망을 가지고 온갖 고난의 고비를 넘고 넘었지만, 막상 박사학위를 받자, IMF로 인한 구조조정 등 취업난의 강풍이 몰아닥쳐 박사학위를 가지고도 취업이 잘 안 되는 시대적 위기를 만나게 되었다. 특히 외국어 계통의 교수는 외국에서 학위를 받지 않은 사람은 국내 유명 대학에서 학위를 받아도 취업이 거의 되지 않았다. 10여 년 교수 취업에 실패를 거듭하며 아내와 쓰디 쓴 고통의 터널을 지나며 맥이 빠졌다.

아내의 독실한 신앙이 없었더라면 인내의 한계를 극복하기 어려웠을 것이다. 아내는 우리가 무지해서 그렇지만 하나님은 나에 대한 원대한 목표와 계획을 가지고 있을 거라고 굳건한 신뢰의 눈빛을 보내며 수십 년째 힘겨운 직장을 꿋꿋이 다녔다.

여보! 당신 덕분에 간절한 공부의 소원을 다 이룰 수 있도록 도와준 것 정말 고마워요. 대학 강단에서 즐겁게 수업하며 쓰고 싶은 글을 마음껏 쓸 수 있는 여건을 마련해주고 모든 일이 잘 될 거라고 격려해준 당신이 없었더라면 도저히 20여 권의 책을 출간하지 못했을 것이오.

때로는 나만을 위해 공부한 것이 아니고 가정을 위해 한 것이라고 화를 내며 항변하기도 했지만 결국 나의 출세욕을 채우기 위해 산 너머 산의 험난한 고갯길을 오랜 세월 연약한 당신의 피와 땀의 진액을 다 쏟아 붓게 한 내가 욕심쟁이 죄인이었소.

당신에게도 꿈이 있었을 텐데, 한번뿐인 인생에서 나를 위해 기꺼이 그 모든 것을 포기해주었으니 당신의 인격은 나보다 몇 차원 높은 사람이오. 예수님도 이 땅에 오셔서 자신의 안일이나 출세를 위해 살지 않으시고 "인자가 온 것은 섬김을 받으려 함이 아니라 도리어 섬기려 하고 자기 목숨을 많은 사람의 대속물로 주려함이니라"(마가복음10:45) 하시며, 세상 모든 죄인들을 대신하여 십자가에 못 박혀 죽는 순간까지 온갖 고통과 수모를 끝까지 참아내며 인류 구원의 목표를 다 이루셨소.

인생의 참다운 성공은 자기 욕망을 따라 명예나 소유를 이루는 자기 성공(self-success)이 아니고 자기 희생(self-sacrifice)으로 타인들을 위해 모든 재능과 능력을 나누고 섬기는데 있다는 것을 10여 년 기도 끝에 50세가 되어서야 깨닫게 되었소. 공부의 동기는 안일과 출세의 욕망을 위해 했지만 결국 하나님의 크신 은혜로 강의와 저술 활동을 통해 하나님이 기뻐하시는 뜻을 위해 쓰임 받게 되었으니 그 동안 당신과 나의 노력이 헛되지 않게 되었소. 꿈을 잃고 지친 많은 영혼들을 되살리고 희망찬 목표를 주기 위해 여생을 불태울 수 있는 열정의 불꽃이 활활 타오를 수 있도록 물심양면의 헌신과 눈물의 기도를 기쁨으로 쏟아준 당신에게 무한 감사를 드리오.

눈물로 키운 나무

아들 어린 시절을 생각하면 가슴이 찡하고 아리다. 부부가 맞벌이를 했기 때문에 아내 손에서 몇 개월 키우지를 못 하고 어머니, 장모님, 처제 등의 손으로 옮겨 다니며 키울 수밖에 없었다.

엄마 모유를 먹으며 충분한 사랑을 받고 자라지 못해서 그런지 아이가 유난히 허약하고 키가 작았다. 다행히 중학교 들어가기 전까지는 성격이 밝고 말을 잘하고 귀여운 짓을 많이 하여 부모의 자랑거리가 되었다. 교회에서 하는 성경퀴즈 대회에서 일등을 하는 등 다방면으로 뛰어난 재능을 나타냈다.

그러나 사춘기가 되면서부터 공부를 등한히 하고 컴퓨터 오락에 빠져 부모로부터 꾸지람을 듣는 날이 많아졌다. 남들보다 키가 작은 아이는 열등감을 나타내며 매사에 자신감을 잃고 자기 방에 틀어 박혀 혼자서 컴퓨터를 하는 시간이 점점 늘어갔다. 고등학생이 되면서는 대학 입시에 중압감을 느끼면서 학교생활에 대한 좌절감이 더욱 심각해지며 부모에 대한 반항심은 커져만 갔다. 부모를 닮아 키가 작다고 하소연을 할 때는 특별히 도울 방법이 없어 마음이 찢어지는 것만 같았다.

아내는 불철주야 아이를 위해 기도하였다. 직장에 가 있는 동안, 아이가 시간 낭비하는 것을 줄여보려고 각종 학원을 보내는 것은 물론 과외도 시켜 보았다. 긍정적인 성품을 형성시키고 신앙생활을 잘 하도록 하기 위해, 교회의 전도사님이나 선생님들에게 좋은 책을 사드리고 아이 모르게 그 분들이 선물을 하게 하여 독서를 하게 하는 등 아이를 변화시키기 위해 온갖 노력을 기울였다.

하지만 아내의 노력에도 불구하고 아이는 바람직한 방향으로 변화되지 않고 점점 매사에 자신감을 잃고 미래에 대한 희망을 상실하였다. 아내는 아이를 위해 40일, 또는 100일 작정 기도를 하기도 하고, 일 년에 몇 번 되지 않는 휴가 기간이면 전혀 휴가를 즐긴다는 생각조차 하지 못하고 기도원을 찾아가 눈물로 기도하고 상담도 하였다. 하지만 아이는 거의 변화되지 않고 고민의 탈출구를 찾지 못하는 듯 했다.

아들은 충청남도에 있는 소위 삼류 대학에 진학을 하였다. 이제 아이가 멀리 떨어져 있으니 잔소리를 할 기회마저 잃게 되어 염려만 늘어갔다. 우리 부부는 불철주야 기도하는 수밖에 다른 방법이 없었다. 두 학기가 지나고 겨울이 되자 아이는 학교에 대한 여러 가지 불만을 털어놓으며 자퇴를 하고 싶다고 하였다.

부부의 고민 끝에 자퇴를 허락하고 아들이 원하는 중국에 있는 대학으로 유학을 하게 되었다. 아내가 다니던 교회의 선교사로 파송된 분이 거주하는 하얼빈에 있는 대학에서 우선 어학연수를 했다. 연수를 하면서 아들은 예상보다 중국어가 재미있다고 하며 하얼빈 대학에 유학을 원했다. 그리하여 그 대학에 입학하게 되었다.

몇 개월 전까지만 해도 아들이 중국에 있는 대학으로 유학을 하리라고는 꿈에도 생각지 못 했었다. 그런데 유학을 정하기 수년 년 전부터 한국 인천대학교에 교환학생으로 온 중국 대학생들에게 아내가 성경공부 반을 만들어 본인도 중국어를 배우며 전도를 하고 있었고 그 대학에서 파견된 두 명의 지도 교수들과도 친분을 쌓고 있었다.

이 얼마나 놀라운 일인가! 중국학생들을 선교했더니 아들이 한국에서 다니던 대학을 포기하고 중국에 있는 유명한 대학으로 유학을 하는 일이 생긴 것이다. 하나님이 아내의 기도를 들으시고 난관에 빠진 아들의 진로 문제를 기쁨으로 해결할 수 있는 길을 열어주셨다는 확신이 들었다. 한국에 왔던 아는 중국인 친구들과 교수가 있었으므로 여러모로 도움을 받으며 무난히 적응도 하고 졸업도 하게 되었다.

그런데 하나님의 은혜는 그것으로 끝나지 않았다. 졸업 후 어느 날 결혼 대상자로 중국인 여자를 데리고 아들이 한국에 있는 집으로 찾아왔다. 아들은 키가 작아서 열등감을 가지고 살아왔는데, 중국 아가씨는 169 센티미터 미스코리아 수준의 키에 성격이 아주 밝은 사람이었다. 그것만이 아니라 좋은 대학에서 공부도 잘하고 한국 선교사님이 시무하는 교회를 다닌다고 하였다.

우리 부부는 너무나도 놀라고 반가웠다. 하나님께 드리는 기도는 정말 한 마디도 땅에 떨어지지 않고 하나님이 다 들으신다는 확신이 들었다. 지금은 결혼을 하여 아이까지 낳아 행복하게 살고 있다. 며느리는 신앙생활도 잘 하고 중국어를 가르치는 원어민 강사가 되어 인기도 아주 좋다.

아내가 갑자기 중국어를 배울 때만 해도 왜 늙어서 중국어를 그렇게 열심히 배우는지 이해가 되지 않았지만 이제와 보니 중국어 학습 덕분에 며느리와 사돈과 의사소통을 원활히 할 수 있게 되었다. 전지전능하신 하나님이 모든 것을 미리 계획하시고 섭리하셨다고 말하지 않을 수 없는 기적적인 축복이 현실로 이루어진 셈이다.

아들은 중국 유학을 한 덕분에 중국어가 능통하여 중국, 대만과 관련된 사업에 종사하고 있다. 아마 한국에서 지방 대학을 졸업했더라면 취직도 결혼도 난관이 많았을 것이다. 한국 처녀들은 누구라도 키 작고 직업 없는 남자를 당연히 싫어하기 때문이다.

취직도 못하고 결혼도 못하여 부모에게 원망이나 일삼으며 비전도 없이 방구석에 틀어 박혀 컴퓨터 오락이나 하루 종일 하고 있는 아들을 상상하면 너무나 끔찍하다. 그런 아들을 누가 어떻게 방구석에서 끌어낼 수 있을까? 날마다 겪는 아들과의 전쟁에서 흘리는 피눈물을 그 누가 알까? 과연 한치 앞도 안 보이는 아들의 앞날이 어떻게 될까? 혈압이 올라 뇌졸중이 오거나 애간장이 다 썩어 문드러질 것이다.

그럼에도 불구하고 열등감의 상처가 깊어 오락만 하는 아들의 심정을 헤아리고 다독이기는커녕 극단적인 말로 버럭버럭 소리를 지르며 네가 장차 뭐가 되려고 폐인처럼 방구석에 처박혀 있느냐고 했을 것이다. 그러면 아들은 패륜아처럼 반항을 하거나 집을 뛰쳐나갔을 지도 모른다. 어쨌든 애비로서의 부족함은 전혀 생각지 않고 아들에게 더 큰 상처만 안겨주는 몹쓸 애비가 되었을 거다. 그러면서도 밖에서는 괜찮은 교육자, 신앙인 행세를 하는 위선자가 되었을 게 뻔하다.

여보! 정말 고마워! 당신은 아들이 어떤 속 뒤집는 행동을 해도 야단을 치기보다 눈물을 흘리며 아들의 변화를 위해 불철주야 기도해줘서 고마워. 아들을 위해 당신이 애간장을 태우며 쏟은 눈물은 몇 개의 항아리에 넘칠 것이오. 아들의 앞날이 아무리 캄캄해도 좌절하지 않고 눈물을 날마다 쏟아 부어 주었기에 푸른 나무처럼 아들이 소생하게 되었다고 확신하오. 그리고 예쁜 손자까지 축복의 선물로 받게 되었다고 생각하오.

아내에게 바치는 시 3

당신은 초인

김완수

화전 밭 같은 보금자리
밤낮으로
피와 땀 거름을 주어
박사의 꽃을 피워낸
의지와 근면의 혼(魂) 불

병약한 몸
꺾일 듯 휘청대면서도
세찬 비바람을 견뎌내며
시인의 열매를 맺게 한
인내와 희생의 혼 불

피땀 쏟으며

비바람 견디는

초인정신 뿌리는

날마다 무릎 꿇고

뿜어대는 영(靈) 불

20여 년의 보따리장수

세상 사람들은 대학 강사를 보따리장수라고 부른다. 정규직이 아니고 이 대학 저 대학을 옮겨 다니는 강의로 생계를 유지한다는 비하적인 말이다. 이러한 말을 이따금 매스컴이나 지인들로부터 들을 때면 가슴이 쓰리고 저리다.

고등학교 교사를 그만두고 청운의 꿈에 부풀어 박사과정까지 공부를 할 때는 그런 말을 상상도 해보지 않았다. 하지만 이 대학 저 대학 강사 생활을 하며 교수 취업에 여러 차례 낙방의 고배를 마시며, 교수 되는 것이 장관이나 국회위원 되기만큼 어렵다는 현실을 절감한 후에야 세상 사람들이 비하하는 말이 실감났다.

어려운 가정 형편 가운데서 간신히 대학까지 공부를 했고, 결혼 후 맞벌이를 하며 바쁜 여건 가운데서 힘겹게 박사학위를 받았지만 오랜 세월 교수가 되지 못하고 숱한 날들을 가슴앓이해야만 했다. 대학원 공부를 시작할 때부터 아내와 함께 교수가 되기를 간절히 기도했건만, 전지전능하신 하나님께서 왜 취업의 문을 열어주시지 않는지 도저히 이해할 수가 없었다.

그리하여 영적인 좌절과 고뇌와 인내의 늪을 허우적거리며 나에 대한 하나님의 뜻을 거듭거듭 물으며 기도하였다. 그러나 하나님은 묵묵부답이셨다. 전에는 사소한 문제를 놓고도 기도를 하면 신기할 정도로 문제가 해결되는 응답을 받았기에 더욱 더 가슴이 무겁고 답답하였다. 나 자신은 물론, 옆에서 지켜보는 아내도 타오르던 희망의 불길이 점점 작아졌다.

10여 년 정도 기도를 하며 이 땅에서 해야 할 일은 가르치는 일과 글 쓰는 일이라는 생각을 어느 정도 하고 있던 어느 날, 나에게 배우는 문화센터 수강생 한 분이 영적인 능력이 탁월한 아프리카 케냐에서 온 선교사와 예언의 은사가 있는 인천 가좌동에 위치한 교회 목사에게 상담을 해보라고 권유하였다. 그런데 신기하게도 두 분의 상담 결과는 비슷하게 나왔다. 가르치는 일과 글 쓰는 일 둘 다 나에게 부합한 하나님이 주신 치유(healing)의 은사라고 하였다. 한 가지 충격적인 것은, 글 쓰는 일도, 대학에서 가르치는 일도 이미 하고 있으니 기도의 응답이 이루어진 것 아니냐고 한국인 목사님은 너무나 단순하고도 분명하게 말씀하셨다. 상담자들이 많아 상세한 대화는 나눌 수 없었지만 쉽게 납득이 되지 않았다.

상담을 받고 돌아오는 길에 많은 생각을 정리해 보며, 오랜 세월 동안 가르치는 일 자체보다 전임 교수가 되는 세상의 명예를 간절히 원하고 있던 나 자신을 새롭게 발견할 수 있었다. 결국 나의 바람은 하나님의 관점에서 보자면 하나님의 뜻이 아니었다는 것을 깨닫게 되었다. 세상 사람들이 알아주는 직책을 통해 명예욕을 채우려하기보다는 겸손한 자세로 학생들을 섬기며 올바른 인생길을 제시해주는 진정한 가르치는 자가 되기를 하나님은 원하셨던 것이다.

그러한 깨달음이 오자 체증처럼 무겁고 답답했던 가슴이 뻥 뚫리며 지금까지 느껴보지 못한 기쁨이 분수처럼 솟구치기 시작했다. 간절했던 출세욕에 대한 미련이 사라지고 세속적인 욕망을 구한 자신을 회개하는 뜨거운 눈물이 흘렀다.

그러한 상담 결과와 마음의 변화를 들은 아내도 어느 정도 수긍하는 눈치였지만, 곧바로 흔쾌히 인정하지 못한 이유는 그 동안 경제적인 어려움을 감내하며 남편의 출세에 대한 크나큰 환상의 미련을 쉽게 지울 수 없었기 때문인 것 같았다.

하지만 오랜 세월 고생한 아내에 대한 미안한 마음이 앞섰기 때문에, 나의 깨달음을 상세한 말로 설득하려고 하지 않았다. 잠시 피었다 떨어지는 꽃과 같은 세속적인 영광보다 나를 향한 하나님의 뜻을 위해 사는 것이 훨씬 더 멋진 인생이라고 확신했던 당시의 심정을 뒤늦게나마 이 글을 통해서 아내에게 드러낸다.

이러한 확신의 은총을 얻고부터는, 지난날의 열등감이나 패배감뿐만 아니라 미래에 대한 불안감이 거의 사라지고 귀하고 값진 일을 할 수 있다는 불타는 열정이 심장에서 뜨겁게 불타오르고 있다.

예수도 인류 구원의 사명을 이루기 위해 당시의 종교지도자들과 혼자서 외로이 충돌하며 말로 다할 수 없는 저항과 고통을 감수해야만 했다. 그들에게 도전하지 않고 아부하는 인생을 살았더라면 편안한 인생을 살았을 것이다. 하지만 "… 나의 하나님, 나의 하나님, 어찌하여 나를 버리시나이까…"(마태복음27:46) "… 아버지여 만일 아버지의 뜻이거든 이 잔을 내게서 옮기시옵소서 그러나 내 원대로 마옵시고 아버지의 원대로 되기를 원하나이다…."(누가복음22:42)라고 그의 처절한 심정을 토로했다. 그가 이처럼 최악의 고통을 호소하면서도 자신의 사명을 끝까지 완수하였기에, 인생의 목적도 모른 채 살다가 죽을 수밖에 인류, 더구나 70억 개가 넘는 모래알 중의 하나에 불과한 나에게까지 죽음을 초월하여 살 수 있는 영생의 길이 열리지 않았는가!

이제 세월이 많이 흘러 강사도 은퇴한 나에게는 교수든, 국회의원이든 직책의 화려한 이름이 중요한 게 아니고, 주어진 일을 얼마나 정직하고 책임감 있게 수행하느냐가 중요하다는 판단이 든다. 요즘같이 매스컴을 통해 고위 공직자들의 비리가 터져 나오는 것을 보면, 책임감보다 자신의 유익과 명예욕만을 채우려는 자들은 오히려 수많은 사람들의 욕을 먹고 불명예스러운 이름으로 역사에 길이 남지 않는가!

지위고하를 막론하고 자신의 주어진 자리에서 정직함과 책임감을 가지고 이웃과 사회를 위해 최선을 다하는 삶이 훨씬 아름다운 인생일 것이다. 이제 노년기에 접어들면서 아내도 남편의 출세에 대한 욕망은 다 접고 하나님이 주신 직분에 충실하며 부부가 건강한 몸과

정신으로 오순도순 행복한 여생을 누리기를 원한다.

지병으로 아내의 도움을 받으며 오래 누워서 생활하다 보니까 아내는 내 곁에 있는 자체로 하나님이 보내주신 살아있는 보물이라는 확신이 든다. 아내의 외모나 능력을 타박하는 것은 배부른 사람들이 하는 건방진 짓거리다. 몸이 몹시 아파 홀로 쓰러져 있는데, 화려한 집, 많은 돈, 지난날의 명예가 무슨 소용이 있단 말인가! 위급할 때 전화하면 일로 바쁘다는 자식도 다 무용지물이다! 소, 대변도 못 가릴 상황이 온다면 아마도 요양원에 보낼 것이다. 아무리 못난 아내라도 남편에게는 그가 최고의 은인이다.

여보, 못난 남편을 타박하지 않고 숟가락에 반찬을 올려주고 억지로라도 먹어야 산다고 잔소리해줘서 정말 고마워요!

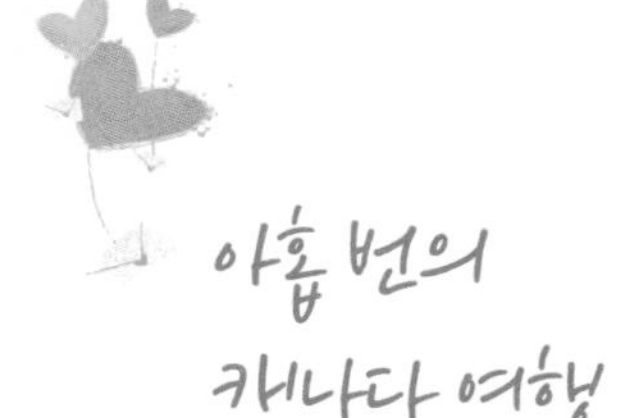

아홉 번의 캐나다 여행

유치원생까지 영어를 배우기 위해 어학연수를 가는 시대가 된 지 오래 되었다. 일반적으로 대학생들은 1학년이나 2학년을 마친 후 휴학을 하고 6개월 내지 1년간 어학연수를 가는 것이 일반적이다. 하지만 영어를 전공한 자로서 박사학위를 받기까지 영어권의 나라에 가 본 적이 없었다. 어려서부터 가난한 가정에서 자라나 외국은커녕 우리나라에 있는 학원에 가서 영어를 배워본 적도 없었다. 대학에서 수 년 째 강의를 하다 보니 그것이 열등감으로 작용했다. 소위 영어를 가르친다는 사람이 영어권 나라의 문화 체험이 전무하다는 것은 말도 안 되는 소리라는 생각이 들었다.

하루속히 어학연수를 해야겠다는 간절한 소망은 품었지만 경제적인 부담 등 여러 가지 여건으로 인하여 수년간 망설였다. 이런 사정을 들은 아내는 흔쾌히 돈을 마련해주며 연수를 갔다 오라고 했다.

그리하여 캐나다로 연수를 갔다. 경치도 좋고 공해가 없는 나라에서 세계 각지에서 온 주로 20대 학생들과 공부도 하고 여행도 하니 40세가 넘어 뒤늦게 온 것이 후회가 되었다. 20대에 유학을 왔더라면 인생 자체가 지금과는 확연히 달라졌을 것 같았다. 하지만 아내 덕분에 지금이라도 오게 된 것을 감사하며 그곳 문화를 마음껏 즐겼다. 뿐만 아니라 원어민 선생님들, 외국인 교회 신자들, 그밖에 많은 소중한 사람들도 열심히 사귀고 틈틈이 도서관과 서점을 다니며 집필할 책 자료도 부지런히 모았다.

한국에 돌아오니 많은 정신적 충전이 되었고 예상했던 대로 영어회화의 자신감도 많이 향상 되었다. 수집한 자료를 바탕으로 영어 회화 참고서도 출간하게 되었는데, 뜻밖으로 인기 있는 책이 되어 10여 년간 3만부 이상이 팔리는 스테디셀러가 되었다. 그에 자극을 받고 용기를 얻어 영어 참고서뿐만 아니라 여러 종류의 책을 끊임없이 출간하게 되었다. 출판사에서 연이어 원고 청탁을 받으며 글을 쓰느라 열정을 불태우는 남편을 보고 아내도 무척 흡족해 하였다.

그 뿐만이 아니다. 어학연수 및 여행을 원하는 문화센터 수강생들과 대학생 제자들을 인솔하여 거의 1, 2년에 한 번씩 9번이나 캐나다를 가게 되었다. 남보다도 소심한 성격인지라 국내 여행도 쉽사리 하지지 못했던 쪼잔한 사람이었는데, 여러 사람을 인솔하고 수차례 여행을 하며 성격도 전보다 적극적으로 변하고 생각하는 스케일도 커진 것 같았다. 영어로 책을 써서 캐나다나 미국에 출간하고 싶은 의욕까지 생겼다. 결국 몇 개월 전에 기존에 발행했던 영한 판 '읽기 쉬운 영어성경 이야기' 신약 편을 영어 판 신구약 2권으로 새롭게 출간 해 해외에 수출하길 원한다는 출판사의 제안을 받고 계약을 하기도 하였다.

게다가 문화센터에서 강의하는 10여 년 동안 50여 명의 학생들을 캐나다의 어학연수 학교들과 연결해주었다. 5년 전쯤에는 문화센터 수강생의 자녀, 대학생 남매를 10개월간 어학연수를 보낸 일이 있었는데, 그 후 2년쯤 지나 그 학생들 어머니로부터 연락을 받았다. 남편이 식사 대접을 한다는 것이었다. 대부분의 경우에는 귀국하는 날 공항에서 고맙다는 인사 한마디로 인간관계가 소원해지기 때문에 오래 동안 잊지 않아줘서 참 고맙다는 생각을 하고 그 가족을 만났다. 식사를 하는 도중 학생들 아버지께서는 아들이 어학연수를 가기 전에는 대학에서 학점이 나빠 학사경고까지 받았었는데 연수 후 복학 후에 공부하는 태도가 달라져서 한 학기 전액 장학금까지 받게 되었다고 자랑을 하셨다. 딸은 영어를 전공하지 않았는데도 오자마자 대학입시학원에 인기 있는 영어강사가 되었다고 자랑을 하셨다. 그 학생들을 처음 만났을 때는 큰 기대감 없이 연수를 보냈는데, 만면에 미소를 지으며 덕분에 자녀들이 놀랍게 변했다고 고마워하시는 아버지를 보며 정말 큰 보람을 느꼈다.

이 학생들 말고도 대부분의 대학생들은 연수 후 미래에 대한 꿈이 커지고 자신감이 많이 향상되었다는 말을 이구동성으로 하였다. 이러한 경험 때문에 아들이 대학을 다니며 진로에 대한 고민을 많이 할 때 중국으로 유학을 권하여 아들의 희망을 되찾아주기도 했다.

아무튼 여행은 여러 가지 관점에서 즐겁기도 하고 유익하다는 생각이 든다. 무엇보다도 다양한 문화적 체험은 생각의 세계를 넓혀주고 삶을 훨씬 풍요롭게 한다는 걸 실감했다. 그래서 문화센터에서 가르치는 사람들에게 해외여행을 많이 권하는 편이다. 평생 세계에서도 가장 작은 나라 중의 하나인 대한민국을 떠나보지 못하게 되면, 자신도 모르게 한국이라는 우물 안 개구리의 편협한 생각을 갖지 않을 수 없게 된다고 강조한다. 한번 뿐인 인생이니 지구를 대충 한 번이라도 돌아보며 여러 가지를 느끼고 생각하는 기회를 가져서 후회 없는 인생을 살자고 부추긴다.

여보! 충청도 촌뜨기 출신인 내가 이러한 생각을 한다는 자체가 당신 덕분이오. 당신이 물심양면으로 적극적인 격려와 후원을 하지 않았더라면, 영어권인 나라에 가보고 싶은 미련만 가진 채 열등감이 많은 영어 선생으로 은퇴를 했을 것이오. 당신은 공무원 신분이라 늘 바빠서 캐나다에 한 번도 가보지 못했는데, 나만 아홉 번 씩이나 가서 미안하오. 이제 당신도 은퇴를 하였으니 빠른 시일 내에 계획을 세워서 한 달 정도 여행도 즐기고 쉬다 옵시다. 그 동안의 경험을 살려 친절한 가이드 역할을 해 주겠소. 건강을 회복한 후 당신과의 여행! 생각만 해도 벌써부터 가슴이 설레오. 백발이 성성한 80세 나이까지 부부가 함께 세계 도처로 여행을 즐길 수 있다면 그것이 인생 최고의 축복 중 하나라고 생각하오. 우리가 그럴 수 있기를 날마다 기도합시다.

아내에게 바치는 시 4

숭고한 사랑

슬라시
(김보경 역)

온 마음을 다해 사랑하는 그대여
이 세상에서 가장 숭고한 사랑은 어머니의 사랑
뼈가 부서지는 줄도 모르고
봉사와 보살핌을 아끼지 않네

죽음을 마다하지 않고
바다 한가운데 배가 침몰한다 할지라도
재산과 부를 버리고
자식의 목숨을 구하네

아내로서 사랑하는 그대여
헌신도 봉사도 아끼지 않는
열렬한 애정은
나의 정신을 위로하고 마음을 즐겁게 하네

자식으로서 사랑하는 그대여
아버지를 사랑하는 아이처럼
고귀하고 위대한 그대를
나는 두려워하고 존경하네

형제로서 사랑하는 그대여
그대는 나무에 걸린 나뭇가지처럼
더울 때 그늘을 만드네

친구로서 사랑하는 그대여
그대는 상대방이 서로 농담을 주고 받으며
담소를 좋아하듯이
걱정을 사라지게 하고 슬픔을 위로해주네

뜨거운 외국인 사랑

아내가 인천대학교 도서관에서 근무하고 있었을 때, 어느 날 중국인 대학원 학생이 도서관 내에서 수십만 원 돈을 분실했다고 찾아달라는 민원이 들어왔다고 한다. 그런데 도서관 규정상 귀중품은 본인이 관리해야 된다고 한다. 그런 이야기를 들었음에도 중국인 학생은 돈을 찾아달라고 애원을 했다고 한다. 하도 사정이 딱해서 아내가 사비로 상당 액수를 보상해주었는데, 그 학생은 무척 고마워했다고 한다.

그런 인연으로 그 사건이 있은 얼마 후 아내가 다니는 교회에서 그 학생이 중국어를 가르치는 봉사를 하게 되었고, 인천대학교에 6개월마다 오는 교환학생들을 소개해주었다. 그 후 그들과의 인연으로 아내는 수년간 중국인 교환학생들에게 성경공부 반을 운영하게 되었다. 아내는 공부를 마칠 때마다 그들에게 식사를 대접하며 뜨거운 애정을 쏟았다. 본인도 중국어를 배우기 시작하고 그들을 위해 기도하며 많은 전도의 열매를 맺었다. 그 학생들 중 20여 명은 예수를 마음에 받아들였고 신학을 공부한 학생까지 있다.

아내는 산책을 하거나 식사를 하면서도 중국어 공부를 했다. 그래서 나는 때로는 "요즘 당신은 중국 학생들과 중국어에 미쳤어."라고 비난하는 소리를 하기도 했다. 하지만 나의 말에 아랑곳 않고 열정을 쏟아 붓는 아내를 보면서 그들에 대한 영혼 사랑에 감동을 받아 그들을 1주일에 한 번씩 우리 집으로 초대하여 영어성경과 찬양을 가르쳐주기도 하며 신앙과 역사에 대한 대화를 주로 나눴다.

공산주의 국가에서 온 학생들이라 그런지 기독교에 대한 상식이 전무하다시피 하였다. 하지만 젊은 학생들이라 신앙적인 관점에서 인생에 대한 목적이나 공부에 대한 비전 등에 대한 이야기를 할 때 대단한 관심을 보였다. 그들과의 대화를 통해 발견한 너무 황당한 것은 중국에서는 하나님이라는 단어를 쓰는 것조차 금지하고 있으며 성경책을 소지하는 것도 불가능하다고 했다. 그러면서도 그들은 중국이 아주 자유스러운 나라라고 착각하고 있었다. 또한 잘못된 학교교육으로 역사에 대한 왜곡이 심각하였다. 육이오 전쟁도 남한이 북한을 침공한 것으로 알고 있었다.

그들을 자주 만나며 그들에 대한 선교사명과 올바른 역사교육이 막중하다는 것을 깨닫게 되었다. 그들 대부분은 하나님이나 예수가 누구인지도 몰랐고 공부나 삶의 목표도 오직 돈을 많이 버는 것이라는 가치관을 가지고 있었다. 그리고 북한만이 아니라 전 세계 국가에 대한 역사관도 대체로 왜곡 되어 있었다. 종교와 역사에 대한 인식이 매우 왜곡되어 있다는 얘기를 해줄 때마다 그들은 엄청난 충격을 받으며 나의 이야기에 대단한 관심을 보였다.

그들을 만나는 계기로 중국에 대한 나의 관심도 사명감도 커져만 갔다. 수억의 중국인 젊은이들이 황금만능주의와 왜곡된 역사관을 지닌 채 성장을 하면 중국의 미래뿐만 아니라 우리나라, 아니 전 세계에도 무서운 부정적인 결과가 나타날 것이 우려되었다.

당시만 해도 중국 정부에서는 종교, 역사, 사상적인 측면에서 인터넷 정보를 상당히 통제하고 있었기 때문에 학생들은 자신들이 학교에서 배우는 지식에 심각한 문제점이 있다는 사실을 모를 뿐만 아니라 그런 점에 대해서 정부에 저항하려는 의지가 전혀 없었다. 오히려 자신이 중국인이라는 점이나 공산당원이라는 것에 대한 자부심이 대단하였다.

중국이 세계 강대국으로 빠르게 부상하고 있는 오늘날, 우리나라는 경제적인 측면에서의 교류를 통해 국가적인 이익을 창출하려는 의지만 강하게 부각하고 있는 것 같다. 자본주의라는 논리 하에 역사나 사상 등의 문제점은 뒷전으로 밀리는 분위기다.

이러한 모든 점을 고려해 볼 때, 중국인 교환학생들과의 만남은 하나님의 중요한 섭리 가운데 이루어졌다는 생각이 들었다. 만일 아내가 중국인 학생들과의 교류가 없었다면, 중국에 대한 심각한 문제점에 대해 오늘날까지 무관심했을 게 뻔하다. 그리고 아들이 중국으로 유학을 가지도 않았을 것이며, 중국인 며느리를 맞이하지도 않았을 것이다.

여보, 이제야 당신이 특별한 이유도 없이 중국어를 좋아하며 중국어 공부에 왜 그렇게 유난히 열을 올렸는지 알게 되었소. 중국선교에 대한 사명과 중국인 며느리를 보게 될 것을 전지하신 하나님이 미리 예비해주신 놀라운 은총이었다는 확신이 들었소. 당신이 중국어를 배우지 않았다면, 한국어를 전혀 못하는 사돈과 의사소통마저 전혀 안 되었을 테니까 말이오.

그런데 아내의 중국어 실력이 중국인과 의사소통이 충분한 중급쯤 되는 요즘도 중국어 공부에 대한 열의는 전혀 식지 않았다. 퇴직을 하자 오히려 더 강화되었다. 내 소견으로는 이미 한국에 거주하고 있거나 밀물처럼 몰려오는 중국인들에 대한 선교의 사명이 있어서 그런 것이 아닌가 추측해 본다.

그래서 우리가 거주하는 마을 주변에 중국인이 살고 있는지 살펴보라고 권하고 있다. 만약에 있다면 그 사람을 잘 사귀어서 그의 친지들을 중심으로 중국어 성경공부 반을 다시 시작해보라고 한다. 아내는 중국어를 배우고 있기 때문에 중국인들과의 대화 자체를 무척 즐긴다. 우연히 중국인을 만나서 대화를 나누면 없던 힘도 철철 넘친다. 그러니 같은 마을에 사는 중국인을 사귀면 중국어 대화 연습도 되고 선교도 할 수 있으니 일거양득이 아니겠는가!

무엇보다도 맹목적으로 중국어가 좋아서 공부를 하는 것보다 하나님이 기뻐하시는 선교의 뜻에 순종하여 학습의 열정을 불태우는 것이 바람직하다고 보기 때문이다. 머지않아 하나님의 영적인 신호가 올 것으로 확신하며 기도 중에 있다. 인간은 누구나 한치 앞도 내다보지 못하는 고로 현재 하고 있는 일에 대한 하나님의 의도를 모르지만, 인간의 어떠한 일도 창조주 그 분의 목표나 계획 속에 이루어진다고 성경은 말하고 있다.

여보, 고마워. 입술로는 늘 영적인 관점(spiritual viewpoint)으로 폭넓은 세계관을 가지고 현재 일어나는 모든 일을 분별하며 살아야한다고 대학생들과 문화센터 수강생들에게 떠벌렸으면서도, 현실 속에서는 나 중심의 이해타산을 주로 계산하던 나에게 심각한 문제점이 있었다는 것을 깨닫는 계기를 만들어준 당신이 고마워. 편협한 소시민에 불과하면서도 교만한 헛똑똑이 지식인으로 자부심을 가지며 오랜 세월 살아온 것이 부끄럽소. 앞으로는 모든 일에 영적으로 예민한 귀를 열어놓고 하나님이 기뻐하시는 일에 초점을 맞추며 살아가겠소. 또한 많은 사람들에게 그러한 깨달음을 일깨우는 저술의 사명을 위해 혼신을 불태우겠소.

38킬로그램으로 내달린 39년

아내는 오랫동안 해오던 직장 생활을 결혼 후 임심을 하자 그만 두었다. 하지만 출산 후 6개월도 안 되어 아기의 젖을 떼기 전인데도 나의 권유로 인천에 있는 사립대학 사서로 다시 일을 시작하였다. 10여 년쯤 지난 후에 학교 사정으로 그 학교가 공립대학으로 바뀌면서 공무원 신분으로 39년이 넘도록 직장 생활을 했다.

내가 고등학교 교사를 그만두지 않았더라면 아기 출산 후 다시는 직장생활을 하지 않았을 테지만 나의 대학원 꿈을 뒷받침하기 위해 고난의 행군은 지금까지 수십 년 계속된 것이다.

젊어서는 둘이 맞벌이를 하면서 아침저녁에만 서로 얼굴을 볼 정도로 바쁘게 살았다. 직장 여성으로 육아를 하자니, 평범한 전업주부들과는 비교도 안 되게 고되고 힘든 나날을 보냈다. 아이가 어릴 때는 누구에게 아이를 맡길 것인가를 늘 고민했고, 아이가 학교를 들어가고부터는 직장 때문에 아침부터 저녁까지 늘 집을 비우는 엄마이니 아이의 교육문제가 고민거리였다.

문제의 심각성은 아이가 사춘기가 되는 중학생 때부터였다. 직장 때문에 아이에게 충분한 사랑을 주지 못해서 그런지 아이는 공부에 점점 흥미를 잃고 컴퓨터 게임에만 빠져들었다. 누구나 입시 지옥을 거쳐야만 하는 고등학교 시절에는 직장 생활과 아이의 교육문제로 인한 스트레스로 늘 위장병을 달고 살았을 정도였다. 위에 좋다는 약을 먹어도 거의 효과가 없는 위 무력증으로 몸은 날로 야위어만 갔다. 직장을 다니는 내내 몸무게가 38킬로그램을 넘지 못했다.

오직 신앙의 힘에 의지하며 하루하루를 간신히 버티고 늘 휘청대는 몸으로 출퇴근을 하였다. 그러한 처지에서 아이 뿐만 아니라 남편 공부 뒷바라지까지 해야만 했다. 그럼에도 오늘까지 질병으로 병원에 한 번 입원하지 않은 채 근 사십 년 직장 생활을 버텨낸 것을 보면 초인적인 능력의 소유자라 아니할 수 없다. 아내의 삶을 돌이켜보면 '여자는 약하나 어머니는 강하다'는 말이 정말 실감난다.

특히 50이 넘은 나이에 퇴근 후 인천에서 서울까지 전철을 몇 번씩 갈아타고 다니며 야간으로 성균관대학교 문헌정보학과를 수년간 다닌 걸 생각하면 정말 대단하다는 생각이 든다. 요즘은 고학력 시대라 도서관 직원 대부분이 고등학교 졸업 학력인 사람이 거의 없기 때문에 동료 직원들에게 무시당하지 않기 위해서 뒤늦게 공부에 열을 올린 것 같다. 몸도 약한데 늦은 나이에 뭐 하러 기를 쓰고 다니느냐고 하면, 힘은 무척 들지만 배우는 게 보람 있다고 하며 마침내 졸업을 해내고야 말았다.

사람들은 대체로 책 속에 묻혀 조용한 분위기에서 근무하는 걸 보면 도서관 사서가 여자로서 참 좋은 직업이라고 부러워하지만, 실제로는 해마다 수많은 책을 사서 먼지를 마시며 분류 정리를 하고 정보화시대인지라 컴퓨터로도 수많은 작업을 하여 시민들이 대출을 하기에 편리하도록 해야 한다. 뿐만 아니라 시민들을 위해 다양한 평생 교육 반을 운영하기도 한다. 게다가 수시로 명사 초청 강의 및 미술 전시회 등을 하여 일 년 내내 쉴 틈 없이 바쁘다고 보면 된다. 곁에서 지켜보는 사람으로서도 사서가 절대 편안한 직업이 아니라는 걸 실감한다.

그럼에도 불구하고 남편이 안정된 직업을 가지고 있지 않기 때문에, 수십 년 동안 이리 저리 발령을 받아 옮겨 다니며, 동료 직원들, 상사들 및 도서관 이용 시민들과의 갈등을 무수히 감내한 아내가 자랑스럽고 고맙다.

그 동안 아내가 겪은 고충을 멀리서 지켜보기만 한 남편이 어찌 다 알 수 있겠는가! 아내는 상부로부터 감사를 받는 등 너무나 힘이 든 일이 있을 때면 화장실에 수시로 들어가 두 손 들고 눈물을 흘리며 기도를 했다고 한다. 그 누구도 도와줄 수 없는 상황의 곤고함은 겪어본 사람만이 아는 법이다.

아내는 너무 힘든 일에 중압감을 느낄 때면, 가끔씩 출근하기도 싫을 뿐만 아니라 사표를 내고 싶다고도 했다. "너무 힘들면 그만두도록 해요. 지금 그만 둬도 평생 연금이 나오잖아." 남편의 그런 말에도 아내는 여전히 아침이 되면 서둘러 출근을 했다. 진심은 아니면서 그냥 푸념으로 던져보는 말이었던 것 같다. 아내로부터 그런 말을 들을 때면 남편으로서 정말 면목이 없고 미안한 마음에 가슴이 아렸다.

지금은 어느덧 세월이 흘러, 퇴직 전 주어지는 6개월 공로 연수로 집에서 쉬고 있다. 아침 일찍 출근을 하지 않으니 부부 모두에게 한결 마음의 여유가 생겼다. 매일 근처에 있는 초등학교 운동장에 가서 아침 운동도 즐기고 아침밥도 느긋하게 먹는다. 요일 감각이나 시간에 대한 강박 관념도 사라졌다. 하루하루를 자유롭게 취미활동도 즐기며 보낸다. 아내는 건강을 위해 에어로빅 운동을 일주일에 세 번씩 하고, 자신이 가장 좋아하는 중국어 공부를 방송이나 평생교육 프로그램을 통해서 일주일 내내 틈틈이 즐기고 있다. 게다가 전신 안마나 얼굴 마사지도 수시로 받고 있다.

"당신은 엄청나게 축복 받은 사람이야. 평생 연금도 나오니 돈 걱정 할 필요도 없지, 건강하여 몸 아픈데도 없지, 하고 싶은 취미 활동도 마음대로 할 수 있고 여행도 마음만 먹으면 얼마든지 할 수 있으니까 말이야." 아내는 그런 말을 들으며 직장 다닐 때 보지 못했던 행복한 미소를 짓는다. 하지만 그런 아내의 미소를 바라보는 나의 마음엔 쓰라린 눈물이 흐른다. 몸이 아파서 수시로 병원에 다니며 방구석에 힘없이 누워 있는 시간이 많으니까, 아내에게 걱정거리가 되어 마음껏 자유를 누릴 수 없게 만들기 때문이다. 가끔 "여보, 아파서 미안해. 그렇지 않으면 여행도 함께 가고 좋을 텐데. 당신의 짐이 되고 있으니……." "제발 미안하단 말 좀 하지 말아요."라고 하며 아내는 평소보다 따뜻한 시선을 보낸다. "앞으로도 잘해줄 자신은 없지만 빨리 건강을 회복하도록 노력해서 당신 옆에 있어줄 게." 하며 직장 다닐 때보다 많은 정담을 나누며 서로를 격려한다.

노년의 행복은 어느 한쪽이 먼저 떠나지 않고 부부가 동행하며 질병과 고독의 짐조차도 따뜻한 마음으로 함께 지다가 서로 비슷한 시기에 천국으로 돌아가는 것이 아닐까?

아내에게 바치는 시 5

그대를 얼마나 사랑하냐구요?

엘리자베쓰 브라우닝

(김완수 역)

그대를 얼마나 사랑하냐구요? 여러 가질 헤아려볼게요
그대를 사랑해요, 보이지 않는 마음으로
존재와 이상적인 우아의 극치를 느낄 때,
내 영혼이 닿을 수 있는 깊이와 넓이와 높이까지.
그대를 사랑해요, 일상의 가장 조용한
필요에 이르기까지, 햇빛과 촛불 곁에서.
그대를 아낌없이 사랑해요, 사람들이 권리를 위해 투쟁하듯;
그대를 순수하게 사랑해요, 사람들이 칭찬에서 돌아서듯.
그대를 사랑해요, 내 옛 슬픔에

쏟았던 격정으로, 그리고 내 유년기의 믿음으로.
그대를 사랑해요, 내 잃어버린 성자(聖者)들과 함께
내가 잃은 것으로 여겼던 사랑으로- 그대를 사랑해요.
내 평생의 숨결과 미소와 눈물로!- 하나님의 뜻이라면
사후에도 그대를 더욱 오로지 사랑하겠어요.

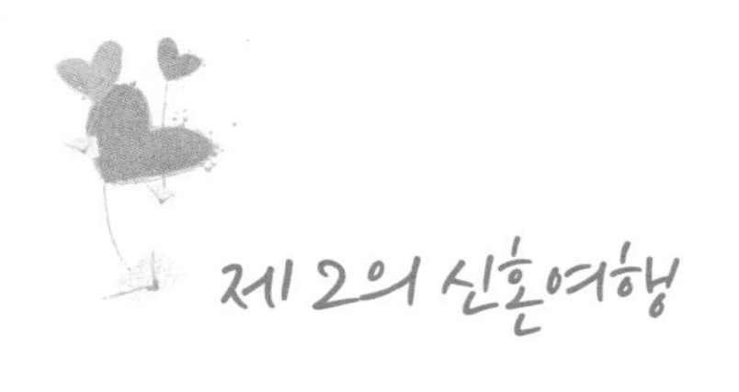

제 2의 신혼여행

신혼여행을 다녀온 지도 어언 30여 년 전. 아내가 울산에 친구가 있다고 해서 그곳으로 정했다. 자연환경이 특별히 아름다운 곳이거나 유명한 휴양시설이 있는 곳도 아니었다. 한 가지 기억에 남는 것은 우리 부부는 바다가 없는 곳에서 성장한 충청북도 사람들이라 그때까지 일식을 먹어본 적이 없는데, 호기심이 발동하여 일식집에 들어가 생선초밥이라는 것을 난생 처음 주문하였다. 고충냉이가 코를 톡톡 쏘아서 맛있다는 느낌은커녕 눈물을 찔끔거리며 간신히 먹었다. 당시를 생각하면 웃음이 절로 난다. 지금은 바다가 있는 인천에 살고 있어서 자주 생선회를 먹으며 생선초밥을 가장 깔끔하고 매력적인 음식으로 즐기고 있기 때문이다.

결혼 후 우리 부부는 맞벌이 부부로 바쁘게 살다보니 신혼여행 이후 함께 여행다운 여행을 떠난 적이 없다. 그런데 얼마 전 아내가 공무원으로 장기 근속을 했기 때문에 10여 명 남짓한 사람들이 한 팀이 되어 서유럽 4개국 여행을 공짜로 할 수 있는 기회가 주어졌다. 대부분 여행객들이 부부 동반이었다. 수십 년 만에 아내와 함께 떠나는 여행이라 그런지 설레는 가슴으로 영국 런던 행 비행기에 나란히 앉았다. 12시간의 비행에 몸이 몹시 지치기도 했지만, 여태껏 역사적 유래가 깊은 유럽 여행을 한 번도 해본 적이 없기 때문에 기대감이 컸다.

영국 런던에서는 대영박물관, 옥스퍼드 대학 등을 방문하였다. 거대한 대영박물관의 낡고 때가 낀 건물은 오래된 역사를 실감나게 말해주었다. 그 안에 들어 있는 다양한 유물들은 대부분 고등학교 세계사 책에서 보았던 실물들이라 큰 감동으로 다가왔다. 옥스퍼드 대학교는 지금껏 하나의 대학으로만 알고 있었는데 유서 깊은 여러 대학들이 밀집해 있는 곳이었다. 다양한 인종의 학생들을 바라보면서 젊은 시절로 돌아갈 수만 있다면 유학을 하고 싶은 간절한 충동이 일어났다. 한 가지 놀라운 사실은 과거 한 때 해가 지지 않는 나라라고 불리던 강성했던 영국이 현재 자동차 한 대를 생산하지 못 한다고 했다. 그리고 주민들이 사는 많은 건물들 꼭대기에는 굴뚝들이 있는 것이 특이했다. 영국 낭만주의 시인 윌리엄 블레이크의 '굴뚝 청소부'라는 시가 실감났다.

두 번째 행선지인 프랑스 파리에서는 루브르 박물관, 에펠 탑, 세느 강, 몽마르뜨 언덕 등을 방문하였다. 루브르 박물관에서는 세계 명화집에서 보았던 레오나르도 다빈치의 그림 등 다양한 조각품들을 잊을 수 없다. 예상치 못한 놀라운 정경은 박물관 안을 통과하는 내내, 세계 각지에서 온 방문객들이 발 디딜 틈도 없이 많아 거대한 물결처럼 떠밀려 다니는 것이었다. 파리의 상징물인 에펠 탑을 오르는 엘리베이터를 타기 위해서는 2시간 이상 줄을 서서 기다려야만 했다. 그곳 사람들 말로는 일 년 내내 그렇게 관광객이 많다고 했다. 한 가지 주의할 점은 그곳에는 소매치기 집시들이 많다는 것이었다. 주변의 가난한 나라 사람들이 밀입국해서 그런 일을 한다고 하는데, 젊은 남녀들이 대부분이어서 안타까웠다. TV나 영화에서 보던 세느강에서 유람선을 타고 역사적 유래가 깊은 주변 경관들을 감상할 때는 우리 부부가 영화의 주인공이 된 기분이었다. 문학작품을 통해 접해본 적이 있는 몽마르뜨 언덕을 힘들게 올라가 화가들이 현장에서 초상화를 그려주고 돈을 버는 광경도 이색적이었지만 상업적으로 전락한 화가들의 모습이 씁쓸하였다. 쇼핑 상품으로는 화장품이 가장 인기가 있었는데, 그 이유는 프랑스는 마시는 물에 석회석이 많이 들어있어 피부병이 많아 화장품이 다른 나라보다 일찍부터 개발되었다고 한다. 미술과 패션 분야의 선진국이라 그럴 거라는 평소의 편견이 깨지는 순간이었다. 대표적 음식으로는 달팽이 요리에 포도주를 마시는 것이었는데 생각보다 맛은 대단치 않았다.

세 번째 방문국인 스위스는 푸른 초원이 많고 공기가 유난히 맑은 것이 마치 캐나다와 유사하였다. 봄인데도 얼음 동굴을 지나 영하 20도 이상의 온도에 사람이 날아갈 듯한 정도의 찬바람이 휘몰아치는 얼음 산정으로 덮여 있는 융프라우는 캐나다의 로키 산맥 만년설

지역과 비슷했다. 한 가지 이색적인 것은 산정 근처에 있는 간이식당에서 사람들이 한국 제품의 매운 사발면을 먹고 있는 풍경이었다. 한국인으로서의 뿌듯한 자부심이 느껴졌다. 마지막 방문지인 독일의 뮌헨은 영국과 프랑스 거리에서 흔히 볼 수 있는 오래 된 예술적 조각품이 새겨져 있는 건물들이 전혀 없고 우리나라처럼 현대식 콘크리트 고층 건물들이 대부분이었다. 특이한 장면은 뉴스에서 들었던 대로 저녁 무렵 수많은 시민들이 거리에 나와 맥주를 마시는 장면이 장관이었다. 독일의 문호 괴테의 거리가 있는 것도 무명의 작가에게는 몹시 부러웠다.

7박 9일의 짧은 일정 가운데 4개국을 방문하였으니 매우 바쁘고도 힘든 과정이었다. 하지만 이번 기회가 아니었다면 언제 그런 나라들을 방문하겠는가! 특히 요사이 몸이 아파서 누워 지내는 시간이 많다보니 행운의 기회였다는 생각이 든다. 아내가 직장 생활로 39년 흘린 피땀 덕분에 꿈에서나 그려보던 여행을 한 셈이다. 정년퇴직을 일 년 정도 앞두고 있는 아내와 함께 했던 여행이라 인생 후반기를 시작하는 제 2의 신혼여행을 한 기분이었다. 특히 역사가 깊은 선진국들이 많은 서유럽을 꼭 한 번 가보고 싶은 간절한 갈망이 오래 전부터 있었기에 문화적 유적지들을 탐방할 때마다 가슴에 전율을 느끼며 인상 깊은 장면들을 스마트 폰에도 담았지만 가슴 속 깊이 저장하였다. 몸이 몹시 아파 죽음의 때가 가까워졌다고 생각하니 이번 여행이 너무나도 뜻 깊은 여행이라는 생각이 들었다. 30여 년을 함께 살면서도 바쁘게 살다보니 아내와 아름다운 추억을 많이 만들지 못한 것이 가장 큰 아쉬움으로 남았기 때문이다. 이대로 이 세상을 하직한다는 생각이 들 때면 유럽 여행의 장면들이 파노라마처럼 눈앞을 스쳤다. 이번 여행마저 없었다면 아내와의 아름다운 추억이 너무 없어 인생을 가파른 민둥산을 오르듯이 살았다는 후회가 남을 뻔했다. 건강을 회복하면 의도적으로 계획하여 일 년에 한두 번씩 아내와 여러 나라를 여행하며 아름다운 추억을 만들 것이다. 그래서 언제 올지 모르는 죽음을 후회 없이 맞이하고 싶다.

여보! 고마워. 당신이 39년 흘린 피땀의 보너스 선물인 항공권으로 소중한 여행을 선물해줘서. 그 동안 공직 생활을 하느라 바쁘고 힘들게 살았으니, 이제부터 건강관리 잘 하면서 퇴직과 함께 찾아온 시간적, 경제적 여유를 여행으로 수놓으며 정겹게 걸어갑시다. 여행은 삭막하고 고달픈 인생길을 가다가 가끔씩 만나는, 재충전의 활력을 선물하는 향기로운 꽃동산 같다는 생각이 드는구려.

대나무

아내와 30여 년을 살고 보니, 처음 만날 때부터 지금까지 아내의 성격은 어떤 상황에서도 속마음을 감추고 내숭을 떨 줄 모른다. 남편이 화가 나 있거나 기분이 안 좋을 때면 재빠르게 눈치를 채고 부드러운 말씨로 마음을 다독여주거나 위로해주면 좋으련만 자신의 감정을 직선적으로 드러낸다. 하지만 아내는 격앙된 감정이 가라앉으면 꽁한 채 화를 오래 끌고 가지 않고 곧바로 털어버리는 쿨(cool)한 성격의 타입이다. 이러한 성격의 나무에 기독교 신앙의 뿌리가 굳건해서 오랜 세월 아옹다옹 다투면서도 슬기롭게 이겨내며 살아온 것 같다.

신앙의 향기가 짙은 대나무 같은 아내의 성격은 좋은 면으로 나타날 때가 더 많았다. 처녀 때부터 지금까지 신앙생활을 하고 있는데, 어떠한 어려운 상황에 부딪쳐서도 한 번도 곁길로 탈선하지 않고 신앙의 지조를 꿋꿋이 지켜왔다. 바쁜 직장 생활 가운데서도 찬양대, 여전도회 등 교회에서의 맡은 직분에 변함없이 최선을 다했다. 그래서 일주일에 하루 쉬는 일요일에도 휴식을 취하지 못하고 피곤에 지친 하루를 보냈다. 아내의 성격은 헌금을 하는데도 나타났다. 오늘날까지 세금을 제외하지 않은 봉급 원금의 십일조를 한 번도 빠짐없이 했다고 한다. 그래서 성경 말씀의 약속대로 죽을 때까지 연금을 받는 축복을 누리게 된 것 같다.

그것은 39년의 긴 직장 생활에서도 마찬가지였다. 연약한 몸으로 버텨나가기가 어려운 상황이 수없이 많이 있었지만, 아무리 몸이 아프거나 스트레스가 심해도 이를 악물고 눈물을 흘리면서도 정년퇴직까지 꿋꿋이 달려왔다. 수시로 비바람 부는 39년의 세월은 꺾이지 않고 견디기에는 절대로 짧은 세월이 아니지 않은가!

하나밖에 없는 아들을 키우는데 있어서도 아내의 성격은 뚜렷이 나타났다. 아들이 중 · 고등학교 학창시절 학업에 열중하지 않아 마음고생이 심했지만 바쁜 직장 생활 가운데서도 아들을 위해 하루도 빠짐없이 불철주야 눈물의 기도를 드렸다. 고3이 될 때까지 아들의 태도가 쉽게 변화되지 않았는데도, 그러한 모습에 좌절하지 않고 아들을 위한 특별헌금, 40일 기도, 100일 기도 등을 계속하였다.

아들이 입시지옥의 터널을 빠져나와 대학에 진학하여서도 아내의 기도는 멈추지 않았다. 대학을 자퇴하고 중국에서 유학을 하고 대학 졸업 후에도 일 년간 취직을 못하는 등 아들의 삶에도 힘겨운 고비 고비가 수없이 있었지만, 아내의 기도는 한결같았다. 아내의 끈질긴

기도 덕분에 아들은 취직도 하고 결혼도 하여 원만한 가정생활을 하고 있다고 확신한다.

아들이 중국인과 국제결혼을 하여 문화가 다른 외국인 며느리와 사돈을 만나게 되어 갈등의 요소가 많이 있었지만, 아내와 며느리 사이에 고부간의 갈등은 전혀 없었다. 아내는 아들만 의지하고 타국에 온 며느리를 생각하며 딸처럼 대하려고 불철주야 기도하며 노력한다. 다행히 며느리도 호칭을 '엄마'라 하며 아내를 다정스럽게 잘 따른다. 혼자 중국에서 사시던 안사돈은 며느리가 임신을 하자 한국으로 건너와 아들, 며느리와 함께 살고 있는데, 아내가 10여 년 전부터 중국어를 배운 덕분에 중국어로 의사소통을 하며 자매처럼 지내고 있다.

가끔씩 아들과 며느리가 부부싸움을 하여 양가가 문화적 갈등을 몹시 겪을 때가 있었지만, 그럴 때마다 아내와 내가 그들 앞에서 눈물로 기도하며 화해할 수가 있었다. 겸허한 자세로 용서와 화해를 구하는 기도는 갈등을 해결하는 놀라운 힘이 있었다.

남편의 내조에도 아내의 성격은 그대로 실현되었다. 남편의 꿈을 위해, 대학원 입학 때부터 오늘에 이르기까지 꿋꿋이 물심양면으로 도왔다. 대부분의 가정들은 남편이 그런 역할을 하는데, 남편이 학업을 지속하는 바람에 아내가 든든한 버팀목이 되어주었다.

자존심과 혈기가 왕성한 젊은 시절에 가끔씩 의견 충돌로 심한 말다툼을 할 때 "그럼 이혼해."라는 말을 거칠게 해 붙여도, 아내는 이혼하자는 말을 입 밖에 꺼낸 적이 없다. 세월이 지날수록 아내가 나보다 한 수준 인격이 신중하고 성숙한 사람이라는 것을 실감한다. 매스컴을 통해서 오늘날 우리나라가 세계에서 이혼율이 최고 높다는 말을 수시로 듣는다. 특히 유명한 연예인들이나 젊은 부부들을 보면 하찮은 이유로도 자존심이나 성격차이로 쉽게 이혼을 하는 현실이다. 뿐만 아니라 요즘은 노인들도 이혼을 많이 해서 '황혼 이혼'이라는 말까지 생겼다. 어떤 경우든 아내는 가정을 파괴해서 하나님의 영광을 가리는 일을 하지 않겠다는 올곧은 굳은 신념이 있었다고 확신한다.

여보, 어떠한 비바람이나 눈보라에도 꺾기지 않고 줄기차게 하늘만 바라보고 뻗어가는 성품을 가진 당신이 정말 자랑스럽소. 여태까지 가장의 구실을 제대로 못한 못난 남편임에도, 남편을 변함없이 신뢰하며 하나님께 쓰임 받는 전무후무한 감동적인 책을 쓰게 해달라고 날마다 기도해주는 당신이 정말 고맙소. 당신의 뜻을 실망시키지 않기 위해 영혼의 피와 눈물을 쏟아 부을 것이니 조금만 더 믿어주며 기다려주오. 하늘에 계신 그 분도 신앙의 절개가 곧은 당신의 기도를 반드시 응답하리라 믿소.

아내에게 바치는 시 6

말하자면

자히트 스트크 타란즈
(이은주 역)

말하자면, 지금은 4월의 어느 오후
가장 생기 있는 바람이 당신으로부터 불어오고
당신에게서 바다의 가장 푸른빛을 봅니다.
숲속 가장 한적한 곳을 당신 안에서 걷고 있습니다.
영원히 시들지 않을 꽃을 당신에게서 꺾어왔고
그대 안에서 가장 풍요로운 땅을 일구어냅니다
당신에게서 모든 과일을 맛보았습니다

말하자면 당신은 나에게 있어
공기처럼 절대적인
음식처럼 축복받은
물처럼 경애하는 어떤 것,

당신에게 신의 은총이 있으리!

말하자면...

나를 믿어요, 나의 사랑이여, 믿어요

나의 집의 명랑함, 나의 정원엔 봄

그리고 나의 식탁에 가장 오래된 포도주

나는 당신 안에서 살고 있습니다.

당신은 내 속에 나를 지배하며 살고

그러니 허락하세요. 당신의 아름다움을 내가 이야기하는 것을,

바람과 강과 새들과 더불어

많은 날들이 지나 어느 날

만일 내 목소리가 들려오지 않는다면

바람과 강과 새들의 소리로

나의 죽음을 알아주세요

그러나 걱정마세요 염려하지 말아요

그리고, 언젠가 먼 훗날엔

무덤가 벌레들에게조차 당신의 아름다움을 낭송시키겠어요.

당신이 하늘가에서 다시 내 목소리를 듣는 날,

기억하세요, 대혼란의 날

당신의 주변에 내려와 당신을 찾고 있을 나를

복시

2년 전쯤 안사돈이 딸의 결혼식 참여를 위해 중국에서 배를 타고 한국에 입국하게 되었다. 그날 승용차를 타고 마중을 나갔다. 그런데 도착 예정 시간보다 한 시간 이상 되어서야 만나게 되었다. 예정 시간에 맞게 나오시리라는 기대감으로, 내내 승용차 안에서 기다리고 있었는데, 그날 날씨가 좀 더운 날씨 탓인지 차 안에 머물고 있는 동안 눈도 뻑뻑하고 머리가 띵했다. 하지만 무사히 차를 몰고 집으로 모시고 왔다. 피곤하여 잠시 낮잠을 자고 저녁 무렵 산책을 하러 나갔다. 이상하게도 사물이 분명히 보이지 않고 이중으로 보이는 듯 했다.

다음날 아침 산책을 나가려는데 사물이 확연히 이중으로 보여 도저히 나갈 수가 없었다. 특히 거리에 움직이는 차들이 이층으로 보이며 빠르게 움직이니 머리가 어지러웠다. 아내의 부축을 받으며 택시를 타고 안과에 갔다. 진찰 결과 이상이 없다고 했다. 친구의 권유로 유명한 이비인후과를 가서 뇌 MRI 검사까지 받았는데도 역시 이상이 없다고 하며 다른 병원을 소개해 주었다. 그리하여 하루 종일 불안과 초조한 마음으로 이 병원 저 병원을 전전하며 늦은 오후 시간이 되어서야 신경 내과 의사에게서 '복시'라는 진단을 받고 긴급한 처치를 받고 귀가하였다.

심신이 녹초가 되어서 자리에 누웠다. 그때부터 상상도 해보지 않던 시각장애인이 된 것이다. 눈만 뜨고 사물을 보면 어지러워서 주로 눈을 감고 누워 몸부림쳤다. 아내의 도움 없이는 외출할 꿈도 꾸지 못했다. 방안에서 TV도 못보고 눈물로 세수를 하며 하루하루를 보냈다. 평소에 전철 안에서 홀로 지팡이 하나만을 의지하며 수많은 사람들을 헤쳐 가는 시각장애인들이 위대하게 느껴졌다.

며칠에 한 번씩 아내의 손을 잡고 택시를 아파트 앞으로 불러 병원을 다녀오는 것이 유일한 일과였다. 두려움과 좌절의 파도를 헤치며 한 달이 지나 심신이 극도로 쇠약해졌건만 차도는 전혀 나타나지 않았다. 의사는 한 달 분의 약을 처방해주며 의사로서 해야 할 조치를 다했으니 이제 병원을 오지 말라고 했다. 내일 정상적인 상태가 될 수도 있고 평생 회복되지 않을 수도 있다고 단호히 말했다. 의사의 말이 찬바람 되어 텅 빈 가슴에 회오리바람을 일으켰다. 아내의 손을 잡고 집으로 오면서 하염없는 눈물을 펑펑 쏟으며, 이제 이 문제를 해결할 자는 오직 하나님 한 분뿐이라는 생각이 들었다.

날마다 아내가 직장에 출근한 후 퇴근할 때까지 아무에게도 도움을 받지 못하고 철창 없는 감옥 같은 방안에 갇혀 누워있었다. 불안과 공포로 가슴이 답답하고 구토증이 날 때면 하루에도 몇 번씩 눈물 콧물을 쏟으며 간절한 기도가 저절로 터져 나왔다. 제발 자비를 베푸시어 살려달라는 기도였다.

하지만 13년 째 일주일에 한 번씩 해오던 문화센터 강의는 쉽게 포기하지 못했다. 강의가 있는 요일 아침이면 포기할까 말까 하는 마음이 수없이 교차하였다. '이제 모든 일을 은퇴하고 하나님 사명에 전념하고자 하는데 왜 이런 청천벽력 같은 고통이 찾아왔나요? 봉사를 포기하는 것이 하나님의 뜻이 아니잖아요. 그게 당신의 뜻이라면 개강 이전 강의 시간표를 짜기 전에 병이 나야 되는 것 아닌가요?'라고 반항 조의 흥분된 기도를 여러 차례 반복했다. 죽어도 강의실에서 죽으리라는 각오를 하며 택시를 타고 가서 수업을 했다. 어지러워 수강생들을 쳐다볼 수가 없어 양해를 구하고 이중으로 보이는 글자들만을 간신히 보며 온몸이 탈진되어 쓰러질 정도로 강의를 마치면, 마음씨 따뜻한 반장이 승용차로 집까지 태워다 주었다. 그렇게 하기를 2주 동안 했다. 그러는 가운데 의사의 치료 포기 선고를 받은 것이다.

놀랍게도 의사가 포기를 선언한 다음 날 아침에 기적이 일어났다. 사물을 보는 순간 하나로 분명히 보였고 잠시 후 선명성이 조금씩 떨어지며 다시 이중으로 보였다. 그런 상태를 하루 이틀 반복하면서 시력을 완전히 되찾았다. 사물이 제대로 보인다는 희열감이란 말로 형용할 수가 없었다. 편안하게 보고 듣고 냄새 맡을 수는 눈, 귀, 코

등을 사용하고 있다는 것이 얼마나 큰 축복인지를 실감하게 되었다.

새로 태어난 기분이 들었다. 눈에 보이는 꽃과 나무 등이 유난히 아름답게 보였다. 그 동안 아내가 도와줬던 일들이 동영상처럼 눈앞을 스치고 지나갔다. 손을 잡고 비틀거리는 어린아이처럼 산책을 함께 하던 일, 직장에 월차를 내고 전화로 택시를 불러 손을 잡고 병원에 가던 일, 걱정이 되어 거의 날마다 한 시간 일찍 조퇴를 하고 서둘러 돌아와 간병해주던 일, 눈물을 흘리며 수없이 함께 기도하던 일, 밥을 떠서 반찬을 올려주던 일……. 모든 일들이 아내에게 눈물겹게 고맙기 한이 없었다.

만일 아내가 옆에 없었다면 어떻게 되었을까? 상상조차 되지 않는다. 남편으로부터 고맙다는 말 한 마디 듣지 못하면서도 밤낮으로 도와준 아내는 하나님이 보내준 자애로운 어머니 같은 아내였다. 그가 여전히 옆에서 지켜주며 밝은 미소로 격려해주니 나는 이 세상에서 너무나 복 받은 사람이다. 이 고마움은 어떤 말이나 선물로도 평생 갚지 못할 일이다. 이렇게 사랑의 빚을 지며 지금도 하루하루 축복이 넘치는 삶을 살아간다.

이제 하나님과 아내 덕분에 덤으로 주어진 인생길을 기쁨과 감사함으로 활보해가며 이생을 다하는 날까지 우둔하고 뻣뻣한 입술로라도 감사의 마음을 표현하며 살아갈 것을 다짐해본다. 아무리 큰 감사의 마음을 풍선처럼 터질듯이 담고 있더라도 표현하지 않으면 무용지물이고 작게라도 표현하면 쌍방의 가슴에 행복의 샘물이 솟아나게 하고, 표현할 수 있는 힘은 성숙한 사람만이 표출할 수 있는 용기라는 것을 깨닫는다.

인터넷에 보면 미안하고 감사한 마음을 죽은 아내에게 편지나 시를 통해 바친 사람들이 더러 있다. 그런데 건강을 다시 회복하여 살아갈 날이 많이 남아 있다고 생각하니, 죽기 전에 아내에게 사랑의 빚을 갚을 수 있는 기회를 주신 하나님께 무한 감사를 드린다. 여보, 고맙고 사랑해요!

유서

'유서'란 단어는 나에게 친숙하지 않은 단어였다. 가끔씩 매스컴을 통해 자식들이 부모의 재산상속 문제로 법정 다툼을 할 때, 부모가 남긴 유서가 결정적인 증거 서류 역할을 한다는 말을 듣곤 했다. 대개는 죽기 며칠 전이나 한두 달에 전에 작성하는 것이 상례라고 알고 있었다. 그런데 그런 문서를 갑자기 내가 쓰게 될 줄이야!

대학 2학년 때 고시공부를 하다 신경 계통의 난치병으로 1년 간 휴학을 하며 고시를 포기한 적이 있다. 증상은 왼쪽 머리가 항상 당겨서 불안증, 수화불량, 불면증 등 합병증의 고통을 겪는 것이었다. 지금까지 40여 년이 되도록 완쾌되지는 않았지만 생활하는데 큰 지장은 없었다. 그런데 최근에 복시 증상이 생기면서 이전의 지병이 악화되기 시작했다. 일 개월 정도 후에 복시는 나았지만 불안증과 불면증으로 심신이 다시 극도로 쇠약해졌다.

급기야는 삶의 예정된 기간이 다 되었을지도 모른다는 불안한 생각이 자주 들었고, 그럴 때마다 죽음을 준비하는 조치들을 서두르기 시작했다. 그 중 제일 먼저 한 일은 당장 해지하면 크게 손해가 나는 펀드를 제외하고는 모든 통장의 돈을 아내 통장으로 이체하였다. 그리고 10년 이상 해오던, 복시 때도 버티고 해내던 문화센터 강의를 불가피하게 포기한다는 연락을 취했다. 이빨을 깨물고 눈물을 삼키며 내린 결정이었다. 소중히 여기는 것들을 하나하나 내려놓는다는 것이 정말 어렵다는 것을 실감했다. 죽는다는 것은 천국에 대한 확신이 있었기에 그다지 두렵지는 않았지만, 아내에게 결혼 이후 오늘까지 헤아릴 수 없는 사랑의 빚을 지었는데, 얼마나 더 오랜 기간, 더 심각한 병세로 병 수발의 무거운 짐을 지게 할지 생각하니, 너무나도 미안한 죄책감이 들었다. 미안하고, 고맙고, 안타까운 마음 등이 뒤섞인 뜨거운 눈물을 삼키며 미어지는 가슴으로 유서를 써내려갔다.

사랑하는 아내에게

우리가 만나 결혼한 지도 수십 년이 흘렀네요. 그 동안 세월을 돌이켜보니 당신은 언제나 가정과 직장일, 신앙생활에 충실하게 최선을 다하며 사는 모습이었구려.

나와 아들에게도 항상 온몸과 마음을 다하여 노력해주어서 고마워요. 연약한 몸으로 늘 힘에 겨워 살아왔지만 단 한 번도 좌절하지 않고 꿋꿋하게 살아 가는 모습이 아름다워요.

대학원 공부를 시작할 때부터 수많은 나의 일들에 항상 격려하며 혼신을 아끼지 않고 도와준 당신에게 어떤 미사여구로도 감사를 다 표현하지 못할 것이요.

늘 내 목표와 뜻을 앞세우며 도움을 청하기만 한 것 정말 미안해요. 그런 나의 모습을 알기에 당신은 이 세상 누구보다도 고귀하고 훌륭한 아내로 가슴 깊이 인정하며 감사해요.

당신에 대한 고마움을 뒤늦게나마 절절히 깨달았기에 이제부터 여생 동안 당신에 대한 고마움도 사랑도 표현하며 살기로 굳게 다짐했어요. 하지만 요즘 건강이 매우 안 좋아 당신에게 미안하고 안타까운 마음이 너무나 커요. 당신은 변함없이 내 곁을 지켜주며 위로하고 기도하며 도와주는데 당신의 기대를 따라가지 못하고 연약한 모습을 보이는 내가 밉기만 하다오.

그래도 당신의 손을 잡으며 용기를 내려고 안간힘을 쓰고 있어요. 당신과 함께 손잡고 기도하며 우리의 모든 상황을 다 아시는 하나님의 놀라운 섭리와 은총을 믿음으로 기대하고 있어요. 지금까지의 삶에서 수시로 겪은 어려움 가운데서도 신비한 은혜를 베푸셨던 하나님을 기억하고 그 분의 변함없는 크신 사랑을 믿으며 스스로 위로하고 있다오.

힘들겠지만 내 곁에 있어주며 나를 붙잡아줘요. 화려한 위로의 말도 필요 없어요. 곁에 있어주기만 하면 돼요. 병세가 더 악화 되면 짜증도 내고 보기 흉한 행동도 할지 모르오. 하지만 아내라는 이름으로 견뎌주길 부탁하오. 당신은 그럴 사람이라 믿고 염치없는 감사를 해요.

오늘 이 순간도 힘들지만 하나님이 함께 하심을 믿으며 견디려 해요. 연약하지만 나의 의지력도 중요하다고 생각하니까요. 당신의 사랑과 보살핌을 생각하면 좀 더 강한 의지를 가져야 한다고 생각해요.

여보! 사랑하고 감사해요. 당신이 내 곁에 있으며 물심양면의 모든 진액을 마지막 한 방울까지 쏟아 부어 주어서 내 인생에 향기 나는 꽃들과 열매들을 맺을 수 있었어요. 이제부터는 어느 때보다도 서로의 가슴에 사랑의 물을 부어주며 향기 짙은 행복의 꽃을 피워 가요. 당신을 생각하면 고통 가운데서도 사랑의 감동이 가슴 벅차게 밀려와요. 언제나 변함없이 내 곁을 지키며 최선을 다해준 당신은 하나님이 보내주신 천사예요.

얼마 안 되지만 나의 모든 유산을 당신에게 물려주오. 저금통장 아이디와 비밀번호는 공책에 적어두었소. 변액보험 저축 금액과 거기에서 보장해주는 사망보험금도 잘 활용하시오. 내 이름으로 된 아파트 권리증도 잘 챙겨두시오. 혹시 예상치 못한 일이 나에게 빨리 생긴다면, 천국에서 다시 만나는 그날까지 아들 며느리와 함께 행복하게 여생을 누리시오. 나이가 있으니 건강관리도 늘 신경쓰도록 해요. 그럼 이만…… .

2014년 10월 11일 당신의 남편

유서를 쓰고 나니 여생에 대한 불안감이 많이 사라졌다. 유서를 쓰기 전에는 유서를 미리 써 두는 것이 좋다는 말을 어느 글을 통해 읽었을 때, 먼 훗날 닥쳐 올 죽음에 대한 글을 미리 쓴다는 것이 왠지 유쾌하지 않다는 선입견이 들었다. 그러나 유서를 실제로 써보니 진지하게 과거의 삶을 돌아보고 생의 마지막 시기를 구체적으로 대비하는 중요한 계기가 되었다.

아내에게 바치는 시 7

그대의 눈동자는 불꽃

에릭 악셀 카르펠트
(최정은 역)

그대의 눈동자는 불꽃, 나의 영혼은 기름
나에게서 떠나가오, 내 심장의 지뢰가 불붙기 전에
나는 바이올린 노래의 샘
그대의 손길 따라 노래는 분수가 되고
나에게서 떠나가오, 나로부터 떠나가오.
불타고 싶은 이 마음을 식히려 하거늘
나는 욕망이며 그리움이오.
나는 가을과 봄과 더불어 살아가오.
비이올린이여!

너의 선이 취해 부서지도록

나의 사랑의 상처를 노래하도록 하라!

나로부터 떠나가오, 나에게서 떠나가오.

어느 가을 날 저녁 우리 함께 불꽃이 되어

피와 황금의 깃발이 기쁨의 폭풍에 펄럭이게 하오.

그대의 발자국 소리가 황혼과 함께 사라질 때까지

그대여, 내 뜨거운 청춘의 마지막 동반자여.

기적의 빛

기적이라는 말의 뜻을 사전에서 보면 '상식적으로는 생각할 수 없는 이상야릇한 일 또는 기독교에서, 인간의 힘으로는 불가능한 일을 성령의 힘을 입은 사람이 이루어 낸 일을 이름'이라고 되어 있다. 그런데 그런 일이 나에게 일어났다.

최근에 지병이 악화되어 일상의 모든 의욕을 상실하고 방바닥에 누워 하루하루를 간신히 버텨가고 있었다. 치료를 받아도 차도가 거의 나타나지 않으니 40여 년 된 지병에 굴복하고 삶을 마감하게 될 것만 같은 불안감이 늘 떠나지 않았다.

하루는 수년 째 다니던 병원에 진료를 받으러 갔더니 의사 선생님께서 자신감을 상실한 표정으로 재활의학과를 소개해 주며 도수치료를 받아보라고 했다. 새로운 희망을 품고서 치료를 받았으나 차도를 거의 느끼지 못했다.

2 주 후 갑자기 병원 측에서 치료사 시간표 사정상 다른 치료사로 바꾸라고 했다. 병원 측의 일방적 요구에 기분이 별로 좋지 않아서 항의를 해보았지만 어쩔 수 없이 치료사를 바꾸지 않을 수 없었다. 그런데 치료할 때마다 차도가 나타나기 시작했다. 나중에 알고 보니 그 분이 그 병원에서 가장 유능한 치료사였다. 기도를 하며 하나님의 놀라운 섭리라는 믿음이 생겼다. 하나님은 시간표의 문제를 통해서라도 훌륭한 치료사를 만나게 하는 사랑의 은혜를 베푸신 것임에 틀림없다. 그 병원의 사정을 전혀 모르는 나로서는 누가 가장 유능한 치료사인지 도저히 알 수 없는 상황이었기 때문이다. 만약 치료사를 바꾸지 않았더라면 차도도 없이 시간만 낭비하며 오래도록 고생만 했을 거라는 생각이 들었다.

꾸준히 차도가 있어 신이 나서 3개월 간 치료를 받았는데 90% 이상은 효과가 진행되지 않았다. 그러던 어느 날, 한 달에 한 번씩 고지혈증 약을 처방 받으러 다니는 병원에 가게 되었다. 그 날은 특별히 몸 상태가 더 안 좋아 오전에 가려던 계획을 바꿔 오후 2시경에 병원을 방문하였다. 그런데 그날 오후는 휴진이라는 알림표가 병원 출입문에 써 붙여 있었다. 몹시 실망감이 들었다. 기력도 없이 간신히 왔는데 허탕을 쳤기 때문이었다.

집으로 돌아오려고 승용차를 빼어 나오는데 주차장 앞에 한방 병원의 간판이 유난히 눈에 띄게 들어왔다. 간판을 보니 이전에 다른 병원의 의사가 치료할 자신이 없다고 하며 그 병원 원장이 서울대학교 병원에서도 못 고친 병을 치료한 유능한 한의사라고 권유한 기억이 났다. 갑자기 그 병원 원장을 만나보고 싶은 의욕이 꿈틀댔다. 그래서 방문 계획도 없던 그 병원을 불쑥 들어가 원장 선생님을 만나 진료 상담을 받았다. 도사처럼 보이는 백발의 의사 선생님 말씀을 들으니 치료에 대한 새로운 희망이 생겼다.

그날 뜸을 뜨고 침을 맞는 치료를 받고 집에 돌아왔는데 40년 간 하루도 빠짐없이 머리가 당기고 아프던 증상이 99% 정도 사라졌다. 정말 기적 같은 일로 기대 이상의 차도였다. 그 날 다니던 병원이 휴진을 하지 않았더라면 이 병원에 절대 오지 않았을 것이라는 생각이 들자, 하나님의 놀라운 인도라는 확신이 들며 가슴속 깊은 곳으로부터 기쁨이 샘물처럼 솟아났다.

매주 3회씩 치료를 받으러 2주 정도 다니니 이전보다 머릿속도 훨씬 맑아지고 몸도 마음도 가벼워졌다. 더불어 소화불량, 오랫동안 목 주변에 있던 알레르기도 완치되었고 변비도 사라졌다. 날마다 글 쓰는 시간도 늘어났지만 피곤함도 느껴지지 않았다. 오히려 글쓰기에 대한 욕구가 왕성해졌다.

이왕이면 수필집을 출간하기 전에 문단에 등단을 하고 싶은 욕구까지 일어났다. 그래서 인터넷을 보고 문학지를 발간하는 몇 군데에 응모를 했다. 일주일이 좀 지나자 두 문학지에서 당선 소식을 알려왔다. 오랜 만에 상을 타게 되어서 그런지 어린아이처럼 가슴이 두근거렸고 글을 쓰는 의욕의 불길이 활활 타올랐다.

얼마 전까지만 해도 지병의 고통으로 눈앞이 캄캄하여 유서까지 쓰고 고뇌의 벼랑 끝에서 눈물의 기도를 드렸었는데, 이제는 기도를 할 때마다 기쁨과 감사가 가슴에 철철 넘쳐흐른다. 나를 쳐다보는 아내의 눈빛도 훨씬 밝아졌고 이젠 얼굴빛이 정상으로 보인다는 말을 수시로 반복하였다.

40여 년 이 병원 저 병원을 전전하며 앞이 전혀 보이지 않는 캄캄한 굴속을 지나온 일들이 눈앞을 스쳤다. 흘린 눈물만 해도 몇 항아리는 넘칠 것이다. 좌절의 터널 속에 너무나 오랜 세월 머물다보니 이런 기적의 빛이 40년 만에 나에게 비춰 오리라는 걸 기대하지 못했었다. 요즘은 길을 걸어도 하늘을 날아다니는 기분이고 길가의 가로수를 보면 나를 향해 춤을 추고 있는 것 같다.

질병의 고통이 극심해지고 기력이 극도로 쇠진해지자 몇 달 전부터 아내와 함께 하루를 기도로 시작하여 기도로 마무리하고 있었다. 물론 혼자서는 낮에 누워있는 대부분의 시간과 잠자기 전에 날마다 30분 정도 "성령님, 살려주세요. 도와주세요." 등의 하소연을 수십 번, 수 백 번 반복하며 눈물의 대화를 주고받았다. 그 분은 항상 "염려마라. 내가 너를 사랑한다. 지금도 너와 함께 하고 있으니 내가 능력의 손으로 만져줄 게. 모든 염려, 두려움을 내게 다 맡겨라." 하시며 따뜻한 음성으로 위로해 주셨다.

아내는 수개 월 전 권사 모임에 나의 건강을 위한 중보기도를 부탁하였었다. 하지만 여러 사람들로부터 기도를 받으면서도 대수롭지 않게 생각했었다. 그러나 기도의 힘은 정말 위대했다. 성경에 "너희 믿음이 적은 연고니라... 너희가 만일 믿음이 한 겨자씨만큼만 있으면 이 산을 명하여 여기서 저기로 옮기라 하여도 옮길 것이요 또 너희가 못할 것이 없으리라." (마태복음17:20)라는 말씀처럼 지난 몇 달을 돌이켜보니 그 분의 놀라운 은혜와 능력이 나타났다. 적합한 병원과 의사들의 선택, 치료법의 지혜 등 모든 것에 사람이 도저히 이해할 수 없는 하나님의 자상하시고 놀라운 간섭과 인도함이 있었다.

"여보! 내 병을 교회 사람들에게 광고까지 할 필요가 있겠느냐고 말한 것 미안해요. 그 분들께 감사의 인사를 대신 전해줘요. 이번 기회에 어떤 어려운 문제라도 기도만이 문제를 해결하는 최상의 열쇠라는 것을 체험 했소. 때때로 병의 차도가 없고 막막할 때는 과연 하나님이 수없이 많은 사람들의 시시콜콜한 기도를 일일이 들으실까 의심하기도 했었소. 하지만 한 마디의 기도도 그냥 땅에 떨어지는 법이 없다는 당신의 말이 맞는다는 걸 확신하게 되었소. 늘 기도해주는 당신이 있어 고맙고 든든하오.

아내에게 바치는 시 8

영원한 사랑

로버트 브라우닝
(김완수 역)

님이여! 나를 사랑해야 한다면,
오직 사랑을 이유로 사랑해 주시오.
"난 당신의 미소에, 외모에, 부드러운 말씨에 반해,
독특한 사고방식이 나와 잘 맞고
어느 날 즐거움을 주었기 때문에 당신을 사랑하오."라고
말하지 마시오.
님이여, 이런 것들은 그 자체가 변하거나
당신의 마음에 달리 비칠지도 모르니까요.
그렇게 엮은 사랑은 또 그렇게 풀려버릴지도 몰라요.

나를 사랑하지도 마시오.
나의 눈물을 닦아주는 님의 애정 어린 연민 때문에,
님의 위안을 오래 받았던 사람은 울기를 잊어버려
님의 사랑을 잃을 수도 있으니까요.
오래도록 사랑의 영원을 통해 사랑할 수 있도록,
오직 사랑을 이유로 나를 사랑해주시오.

그 남자의 사랑

Part 2

문화센터에서 영어성경 수업을 하던 어느 날이었다. 대부분 수강생들의 연령이 40대에서 70대까지인데 그 날은 중년 여성 곁에 고등학생 또래의 남학생이 한 명 앉아 있었다. 특별한 경우인지라 수업 중 무의식적으로 그 학생에게 관심의 눈길을 수시로 보내며, 강의도 그 학생에게 도움이 될 만 한 부분을 의도적으로 넣어 강조하였다.

수업이 끝난 후, 그 중년 여성은 자기 아들이라며 그 학생을 소개하였다. 그 여인은 지난 주 강의를 듣고 이 강의를 자기 아들에게 특별히 들어보게 하고 싶은 마음이 생겨 데려왔다고 하셨다. 아들이 고등학생이라 대학 입시 스트레스뿐만 아니라 심장이 좋지 않아 여러 가지로 고민이 많은데, 오늘 강의를 듣고 많은 도움이 되었다고 감사의 인사를 표하였다.

그 다음 주부터는 그 여인만 강의에 참여하였다. 대화를 나누다보니 그 분은 인천의 한 교회(월미도교회) 사모였다. 3개월로 예정된 강의가 끝날 무렵, 그 사모는 여름방학에 자기가 섬기는 교회에 와서 중 · 고등학생들에게 특강을 해줄 수 있느냐고 부탁을 하였다. 그래서 릭 워렌 목사가 쓴 베스트셀러 〈목적이 이끄는 삶〉이라는 책의 일부를 영어 원서로 강의하게 되었다. 5~6명의 학생들이 수강을 하였고 자녀들의 진로에 관심이 많은 학부모님들과의 만남도 자연스레 이루어졌다.

그 후, 몇 달이 지난 후에 그 교회 사모로부터 연락을 받았다. 본인이 섬기는 교회에서 매주 목요일마다 드리는 예배에 참여하면 좋을 것 같다는 제의였다. 흔쾌히 허락을 하고 매주 목요일마다 그 교회에 가서 설교를 듣고 목사님과 일부 교인들과의 만남이 이루어졌다.

그 목사님(윤영수)이 설교에서 주로 강조하는 것은 무엇보다도 우리를 별나게 사랑하는 '그 남자'의 마음을 아는 것이 중요하다는 내용이었다. 육신적인 부모에게 효도하는 최상의 방법도 부모님의 마음을 헤아리고 그분들이 원하시고 기뻐하시는 뜻을 깊이 깨닫는 것이 가장 우선인 것처럼.

그러한 주제의 설교를 몇 주 들으며, 평소에 늘 나의 기도는 그 남자의 마음엔 관심이 거의 없이 가족의 건강이나 행복 등 필요한 것만 채워 달라는 나 중심의 요구가 거의 대부분이었다는 것을 깨닫게 되었다.

설교를 계속 들을수록 회개의 눈물이 흐르며 그 남자의 마음에 관심을 기울이게 되었고, 기도의 내용도 이전과 달라지기 시작했다. 그 남자가 나에게 진정 원하는 마음을 알게 해달라고 간구하였다. 수개월의 그러한 과정은 그 남자의 영(靈)을 새롭게 만나는 계기가 되었다.

우리나라 속담에 '옷깃만 스쳐도 인연'이라는 말이 있는데, 문화센터를 통해 한 교회 사모와의 만남의 인연으로 그의 아들, 그 교회 학생들, 학부모들, 그 남자의 영까지 친밀하게 만난 것을 생각하면 신기하고 놀랍다는 생각이 든다.

어렸을 때부터 부모님이 늘 하시던 말씀이 생각난다. 친구를 잘 사귀어야 한다. 나쁜 친구들에게 물들지 않도록 조심해야 한다. 그 당시에는 부모님이 늘 하시는 잔소리로만 들었는데 그분들의 말씀이 정말로 소중한 말씀이었다는 것을 이제와 뒤늦게 절감한다.

역사적으로 봐도 일본 식민지 시대에 국익을 생각하지 않고 일본 사람들과 가까이 하여 친일파라는 이름으로 역사에 오명을 남긴 사람들이 많이 있다. 반면에 애국지사들과 가까이 하여 나라를 위해 위대한 업적을 남긴 사람들도 있다.

오늘날 현실에서도 중 · 고등학생들의 경우에, 일진회 같은 클럽에 잘못 가입하여 학업을 망친 학생들이 있는가 하면 못된 친구들에게 왕따를 당하여 엄청난 괴롭힘을 당한 학생들도 있다. 성인들의 경우에는, 조폭 같은 사람을 가까이 하여 폭력배가 되거나 사기꾼을 가까이 하여 재산을 탕진하는 사람들도 있다.

누구나 날마다 수많은 사람들을 만나지만 분명히 좋은 만남이 있고 나쁜 만남이 있다. 그러므로 좋은 만남을 영적(靈的)으로 예민하게 분별할 수 있는 능력을 달라고 기원하는 것이 중요하다는 것을 이번 만남들의 체험으로 더욱 더 절감하게 되었다.

성경에서는 우연적인 만남은 없고 창조주의 섭리 가운데 모든 만남이 이루어진다고 강조한다. 성경 속의 인물 요셉은 만남의 우여곡절이 많은 사람이었다. 질투하는 형들에 의해 애굽 상인들에게 팔려가고, 보디발 장군의 집에서 종으로 살다가 그 장군 아내의 모함으로 감옥에 들어갔다. 하지만 감옥에서 만난 사람들과의 대화 가운데 왕의 꿈을 해석하여 애굽 왕의 총애를 받아 그 나라의 국무총리까지 되었다. 그 후 형들을 다시 만나 미워했던 형들을 관용하고 식량난의 위기에 처한 조국을 돕는 위대한 인물이 되었다. 이 얼마나 창조주의 놀라운 계획 가운데 이루어진 인간의 상상을 초월하는 만남의 섭리인가!

인간은 아무리 똑똑하다 해도 한 치 앞도 모르며 만남의 물결에 휩쓸려 살아간다. 그러므로 무심코 사람들을 만나다 보면 어떤 낭패를 당할지 모른다. 오늘날처럼 사악한 사람들이 많은 세대를 살아가는 우리들은 누구나 부족한 자신을 인정하고 항상 만남의 축복을 간구하며 신중한 분별력을 가지려는 자세가 최선의 지혜가 아닐까 싶다. 나를 너무나 사랑하시기에 내가 느끼던 못 느끼던 항상 좋은 만남으로 인도해 가시는 그 분께 무한 감사를 드린다.

목에 걸린 가시

인생을 살아가는 데는 지켜야 할 실정법들이 있다. 살인죄로 사형을 받는 무거운 법부터 도로에 침을 뱉으면 벌금을 내야 하는 가벼운 법에 이르기까지 다양한 법들이 있다. 또한 처벌이나 벌금은 없지만 양심에 죄의식을 느끼게 되는 도덕이나 윤리상의 법들도 있다.

성경에도 10계명을 비롯하여 수없이 많은 지켜야할 법들이 있다. 하지만 그 모든 것을 지키고 사는 사람들은 없다. 그래서 로마서에는 의인은 없나니 하나도 없다고 지적하고 있다.(로마서3:10)

'그 남자'와 처음 사랑의 교제를 나눌 때는 날아갈 듯이 기뻤지만 세월이 흐를수록 그 남자가 나에게 권한 말씀들을 실행하지 못하여 그것들을 마치 목에 걸린 가시처럼 느끼며 죄의식이나 자책감을 가진 적이 한두 번이 아니다.

하지만 신앙의 연륜이 더 하면서, 한 말씀도 제대로 지키지 못하는 연약한 자임에도 여전히 사랑해주는 그 남자에게 더욱 더 감사하며 신앙생활을 하고 있다. 그럼에도 마음 속 깊은 곳에서는 그의 말씀을 이행하지 못한 죄의식으로부터 완전한 해방감을 누리지 못할 때가 많았다.

오랜 세월 기도할 때 이따금씩 '내가 너를 사랑한다'는 음성을 들려주던 그 남자의 음성이 최근 목요일마다 예배를 드리는 작은 교회 목사의 입술을 통해 어느 때 보다도 강렬하게 가슴 속을 파고들었다.

"내가 태초 이전부터 너를 택하여 사랑하였고, 그 이후 지금까지 변함없이 너를 사랑하고 있단다. 나는 너를 항상 그리워하여 오늘도 네 영혼의 문을 두드리면서 사랑의 대화 나누기를 원한단다. 그러니 내가 한 말들을 온전히 지키지 못한다고 죄의식을 갖거나 자책하며 나를 멀리하지 마라……."

그 남자는 사랑의 언어들을 폭포수처럼 마구 쏟아 부었고 내 가슴은 벅차게 밀려드는 물결을 견디기 어려워 터질 지경이었다. 그 남자는 안타까운 시선으로 내 목의 가시를 바라보며 말을 이었다.

"네가 나를 사랑하기에 내 말들을 지키지 못하여 가슴 아파하는 것도 다 알고 있단다. 네 의지로 지키지 못할 것을 알면서도 수많은 법을 세워 놓은 이유는 네가 지극히 부족하고 연약한 자임을 깨닫고 나를 더욱 의지하고 도움을 청하라고 그런 거란다. 그러니 이제부터는 네 자신의 의지로 내 말을 실천하지 못하여 괴로워하지 말고 내가 너에게 보내준 내 영(靈)을 의지하며 도움을 청하도록 해라. 내 영도 너를 너무나 사랑하기에 너의 요청을 언제나 기다리고 있을 것이다. 그가 돕기 위해 베푸는 은혜에 네가 단지 붙들리기만 하면, 네 의지로 말씀을 지키려고 하는 염려나 두려움은 사라질 것이다."

그의 말씀에 젖다 보니 '네 이웃을 네 몸 같이 사랑하라' '원수를 사랑하라' 등의 말씀으로 오랜 세월 목에 걸려던 죄책감과 자책감의 가시들이 녹아내리며 무겁고 답답했던 가슴에 후련한 자유로움과 평안함의 강물이 넘실거렸다.

"너는 내 사랑을 깨달은 만큼만 나의 말들을 언행으로 옮기기만 하면 되는 것이다. 내 사랑을 느끼고 깨닫는 체험이 너의 무릎, 어깨, 머리까지 잠길수록 나와 네 이웃을 그만큼 더 사랑하게 될 것이다."

이러한 음성을 들으며 감동의 물결이 넘치니, 그 남자의 사랑을 머리로만 알고 그의 법들을 지나친 이상주의적인 말이라고 생각하며 지키려는 의지조차 거의 포기한 채 겉으로는 거룩한 탈을 쓰고 마음속으로는 위선자라고 자책하며 살아온 나에게 이런 말씀을 들려주는 그에게 감사와 회개의 눈물이 흘렀다.

게다가 나처럼 목의 가시 때문에 자책하며 살아가는 수많은 사람들에게 그 남자가 지시한 법들의 진정한 의도를 전하지 않을 수 없는 뜨거운 불길이 솟아올랐다. 하지만 적절한 방법도 모르고 용기도 없어 이렇게 불타는 자모음을 토해내고 있다.

바쁜 일로 차를 몰고 가다 빨간 교통 신호등에 걸려 멈춰본 사람들은 대체로 신호등 존재가 불편하다고 생각한다. 신호등이 없으면 멈추지 않고 달려갈 수 있었을 것이기 때문이다. 하지만 조금만 여유를 가지고 숙고해보면 신호등 법을 만든 사람은 오히려 차들의 소통을 원활하게 하기 위해서 그 법을 만들었다는 것을 알 수 있다. 물론 다른 국법들도 국민들의 안전과 행복을 위해 유능한 국민의 대표들이 숙고해서 만든 것임에 틀림없다.

마찬가지로 성경에 있는 수많은 법들도 인간들이 더욱 더 영적으로 행복한 삶을 누리게 하기 위해서 만든 자의 지극한 애정이 담겨 있는 것들인데, 그것들을 죄책감이 들게 만드는 부담스러운 것들이라고 느끼는 것은 우리가 그 분의 깊은 의도를 모르기 때문일 것이다.

이제부터는 성경에 나오는 율법들을 대할 때마다 그 법들을 생각해낸 이가 나를 얼마나 사랑하여 만들었는지 묵상하며 그 분의 사랑의 깊이와 높이를 지속적으로 이해하고 깨달아가며 감사가 넘치는 마음으로 실천하려고 한다. 그리고 나와 관계를 맺는 모든 분들에게도 이와 같은 은혜가 항상 함께 하기를 기도하련다.

사랑하는 님이여, 지금껏 당신이 축복을 누리라고 주신 법들을 곡해하여 목에 걸린 가시처럼 여기며 자책하고 괴로워 한 저를 불쌍히 여기고 용서해주세요. 당신의 말씀을 대할 때마다 나를 향한 당신의 사랑의 인격을 깨닫고 느끼며 넘치는 감사부터 하게 해 주세요. 당신의 영은 항상 내 안에 계시며 기꺼이 돕기를 원한다고 확신하는 믿음을 주세요. 그리고 당신의 크신 사랑을 이해하지 못하고 느끼지 못하여 당신의 존재를 부정하거나 원망하는 자들과 당신의 법들을 목에 걸린 가시처럼 느끼며 가슴이 무겁고 답답한 수많은 사람들에게 당신의 사랑을 비추어 당신의 생명력을 불어넣는 거울이 되게 하여 주세요. 감사하고 사랑합니다!

결코 나를 버리지 않을 그 남자

세상에는 사랑하는 사람을 버리는 사람들이 있다. 우리나라는 OECD국가 중 이혼율이 1위라고 한다. 성격 차이, 불륜 문제 등으로 아내가 남편을 버리거나 남편이 아내를 버리기도 한다. 심지어는 부모가 자신들이 낳은 아기를 버리기도 하며, 자식이 연로하신 부모를 경제적인 이유나 치매와 같은 돌보기 어려운 질병 등을 이유로 버리기도 한다.

요즘 많은 젊은 남녀들은 일시적인 감정으로 사랑하고 헤어지기를 쉽게 하는 경향이다. 그런 사례의 연예인들을 뉴스를 통해 자주 접한다. 젊은이들 대부분은 사랑은 이동하는 것이며 변하는 것이라고 인식하고 있다. 그래서 순간적인 사랑을 의미하는 인스턴트 러브(instant love)라는 말까지 생겼다.

사회적인 측면에서 보면, 수십 년 한 직장을 봉사한 직원을 무능

하다거나 나이가 많다는 등의 이유로 하루아침에 직장을 떠나게 한다. 아니면 '명퇴'라는 허울 좋은 이름으로 퇴직을 은근히 압박하기도 한다. 외국에서도 그러한 현상은 마찬가지다. 구조조정이라는 명목으로 '포드'(Ford)라는 미국의 유명한 자동차 회사에서 대량 해고하는 뉴스를 수년 전에 들은 적이 있다.

문학 작품에서 보자면, 20세기 미국 희곡 작가 Arthur Miller의 사회가 개 인에 대하여 지어야 할 책임을 물은 작품 '세일즈맨의 죽음'(Death of a Salesman)에서 주인공은 수십 년 다니던 직장에서 쫓겨난다. 사장에게 이유를 묻자, 알맹이 없는 귤처럼 더 이상 쓸모가 없어졌기 때문이라고 냉정하게 잘라 말한다.

이제는 평생 보장이 되는 직장, 소위 '철밥통'이라는 직장이 없어졌다고 한다. 현대인은 어느 나라를 막론하고 누구나 생존의 위기의식 속에서 모래사막 같은 세상을 살아간다.

하지만 나를 사랑하는 '그 남자'는 절대로 나를 버리지 않을 것이다. 지난날 여러 가지 구실을 대며 수시로 마음이 변하여 그를 무시하거나 등한히 하기도 했지만, 그 남자는 어떤 못된 이유로 내가 배반하더라도 결코 나를 버린 적이 없었다고 신뢰한다. 그 남자는 나와의 영원한 사랑을 위해 나의 어떤 조건도 요구하지 않고 이 땅에서의 고귀한 생을 초개같이 던졌고, 현재도 수시로 나를 사랑한다고 세미한 음성을 들려주기 때문이다.

이런 위대한 사랑을 이 세상 어디에서 볼 수 있을까! 도저히 내 수준의 머리로는 이해할 수 없는 지고지순한 사랑을 아무런 대가도 지불하지 않고 받고 있다니 이보다 더 큰 축복은 없으리라. 그 남자의 사랑이 너무나 크기 때문에 오히려 믿기 어려운 역설적인 사랑이다. 그래서 그 남자의 사랑을 받아들이지 않고 도저히 있을 수 없는 거짓말이라고 비웃고 부정하기도 했다. 이 세상에서는 이해타산적인 사랑이 일반화되어 있어 누구나 직장상사나 동료, 심지어는 가족으로부터도 수없이 많은 상처를 받았기 때문에 영원히 변치 않는 사랑은 아예 기대도 하지 않고 믿기조차 하지 않는 경향이다. 특히 많은 미혼 여자나 남자들은 사랑을 눈으로 인지할 수 없으므로 연인에게 말로 묻고 또 물으며 끊임없이 확인하기도 하고 숱한 밤을 지새우며 고뇌하기도 한다.

하지만 20대 때 갑자기 난치병으로 대학을 휴학하고 자살 기도를 하며 절망의 나락에서 헤매고 있을 때, 그 남자는 나를 찾아와 내 영혼을 위로해주었다. 그때 그를 눈으로 보지는 못했지만 '내가 너를 사랑한다'는 생생한 음성을 통해 그의 존재와 사랑을 분명히 느낄 수 있었다.

그럼에도 불구하고 건강을 어느 정도 회복하고 세상의 명예와 부에 대한 탐심이 다시 마음에 가득해지자 그와의 특별한 경험을 망각하기 시작했다. 세월이 흐르며 가끔씩 설교나 기독교 TV 방송을 통해 '그 남자가 너를 사랑한다'는 말을 들으면 머리로는 추상적으로나마 이해를 하면서도 가슴으로는 그 사랑이 전혀 느껴지지 않고 기독교인들이 상투적으로 하는 말이라고 치부해버리기조차 하였다.

그러다가 최근에 지병이 악화되어 죽음의 절벽 앞에 쓰러져 온몸으로 몸부림치며 "살려주세요. 살려주세요."라는 기도를 하루에도 수백 번씩 하고 있을 때, 어느 날 불현듯 그 남자의 따뜻한 음성이 들려왔다. "나는 너를 떠난 적도 없고 버린 적도 없단다. 언제나 변함없이 너를 사랑하고 있단다. 네가 몸이 아파 나도 가슴이 아프단다. 나의 사랑을 믿고 언제든지 도움을 청해라."

아주 오래 전에 들어본 적이 있는 나지막하지만 장엄한 그 남자의 음성을 듣자 갑자기 눈물이 터져 주체할 수가 없었다. 뜨거운 눈물을 한참 동안 흘리고 나니 염려와 두려움은 사라지고 평소에 느끼지 못한 평안이 강물처럼 가슴에 넘치며 회개의 기도가 흘러나왔다.

"죄송합니다. 당신은 변함없이 저를 사랑하고 계셨군요. 저는 이제는 아내도 그 누구도 도와줄 수 없는 죽음의 문 앞에 있다는 염려와 두려움에 사로잡혀 당신의 존재와 사랑을 느끼지 못하고 있었습니다. 아니 수시로 기도를 하면서도 곧바로 의심에 휩싸이곤 하였습니다. 사랑하는 님이시여, 당신을 수시로 불신하고 의심한 연약한 자를 용서해주세요. 저를 붙잡아주시고 도와주세요. 당신의 사랑을 온몸의 혈관으로 항상 느끼게 해주세요. 이 영혼을 불쌍히 여기시고 치유의 손으로 전신의 세포들을 하나하나 어루만져 주세요. 당신의 음성을 들려주신 은총에 정말 감사드립니다. 당신은 결코 저를 버리지도 떠나지도 않을 신실하신 영적 신랑인 것을 굳게 믿습니다!

가장 큰 선물

모든 생물은 제각기 매력적인 장점을 선물로 받고 타고 나는 것 같다. 동물의 경우를 살펴보면, 호랑이는 용맹스런 외모와 힘이 탁월해서 동물의 왕이라는 칭호를 받는다. 돼지는 뭉툭하고 커다란 주둥이를 가지고 있어 아무거나 잘 먹는 식성이 훌륭하다. 새는 날개가 있어 하늘을 날 수 있는 능력이 있다.

식물의 경우도 나름대로 남이 추종하지 못하는 매력이 있다. 꽃들도 종류별로 모습도 향기도 다르다. 키가 크고 맛있는 씨가 있는 해바라기, 매혹적인 꽃잎의 장미, 앙증맞은 안개꽃 등 모두 다 독특한 아름다움이 있다. 나무의 경우도 마찬가지다. 키가 큰 미루나무, 사계절 시들지 않는 상록수, 오색찬란한 단풍나무, 추운 날씨에 강한 이파리를 가지고 있는 침엽수 등 수없이 많은 나무들이 자기만의 매력을 뽐낸다.

만물의 영장인 사람의 경우에는 사람마다 타고난 외모와 재능이 다양하다. 요즘 젊은이들이 쓰는 용어로 표현해보자면, 몸 짱, 얼 짱, 노래 짱, 춤 짱, 그림 짱, 각종 스포츠 짱, 글짓기 짱, 마음 짱, 말솜씨 짱, 애교 짱, 손재주 짱, 암기력 짱 등 사람 수만큼 무궁무진하다. 물론 사람의 경우에는 타고난 능력의 선물에 후천적인 노력이 가해져서 매력이 극대화 된다고 볼 수 있다.

나에게는 40세 정도나 되어서야 강의와 글쓰기에 잠재적 재능을 타고난 것 같다는 생각이 들었다. 세상 사람들 다수가 인정할 만한 탁월한 능력의 빛을 반짝이지는 못했지만, 그 두 분야에 흥미와 열정을 가지고 추구해왔다. 강의는 대학을 졸업하고 교육자 생활을 하며 10년 이상 그 능력을 꾸준히 개발해 왔고, 글쓰기는 석사과정을 졸업한 후부터 지속적으로 책을 출간하면서 훈련해왔다. 그런데 그것들이 사랑하는 '그 남자'가 나에게 준 귀중한 선물이라는 것을 확신하게 된 것은 10여 년간 절절한 기도와 목회자들과의 상담 끝에 50세 정도가 되어서야 얻게 된 결과이다.

돌이켜볼 때 그러한 확신을 깨닫는 순간의 희열은 말로 다할 수 없었다. 사랑하는 그 남자가 그러한 소중한 재능을 선물해 주었다고 생각하니 신기하고 놀라울 따름이었다. 70억이나 되는 수많은 사람 가운데 내가 무엇이라고 그렇게 귀중한 보물을 주셨을까? 생각할 때마다 기쁨과 감사가 가슴 깊은 곳에서 솟구친다.

그 남자의 선물을 확신한 이후로 내 인생은 삶의 전환점이 되었다. 학생들을 강의할 때도 글을 쓸 때도 나의 재능에 대한 사명감으로 충만했다. 젊은 학생들을 강의를 할 때는 취업에만 급급하기보다는 위대한 비전을 갖고 재능개발에 힘쓸 수 있도록 격려하며 도전정신을 심어주려고 애를 썼고 그러한 내용을 주제로 하는 〈10대에게 바치는 편지〉와 〈20대에게 바치는 편지와 기도〉라는 책도 출간하였다. 〈10대에게 바치는 편지〉 내용의 일부는 중학교 도덕 교과서에 실리게 되는 놀라운 성과를 가져오기도 했다. 10여 년 간 봉사로 강의하는 문화센터 수강생들에게도 잠재적 재능 개발의 중요성과 삶의 목적의식의 중요성을 늘 역설하고 있다.

그런데 여러 해 동안 대학생들과 40-60대 성인들을 강의하며, 타고난 재능을 꾸준히 개발해온 것이 무엇이며 인생의 사명감은 무엇이냐고 물을 때마다 수강생들의 표정은 어둡고 힘이 없어 보였다. 많은 대학생들의 경우, 자신만의 뚜렷한 타고난 재능이 무엇인지도 모르고 삶에 대한 사명의식도 없었다. 최근에 매스컴을 통해서 서울대학교 학생들의 80%가 자기 재능에 대한 확신이 없어서 안정된 직업인 공무원 시험공부를 하고 있다고 들었다. 일반 성인들의 경우도 비슷한 비율의 사람들이 자기 재능이 무엇인지 잘 모른다는 통계가 나왔다고 한다.

그런 이야기를 접하고 가슴이 답답했다. 인간보다 지능이 낮은 모든 생물도 자기의 재능이 뚜렷하고 그것을 반복적으로 활용하며 삶의 행복을 추구하는데, 잠재적 재능이 다양하고 개발의 가능성이 무궁무진한 만물의 영장이 자신의 재능이 무엇인지도 모르고 막연히 돈이나 명예를 추구하며 살아간다는 것이 안타까웠다. 자신만의 보물 같은 재능을 확인하면 그것을 활용할 때마다 기쁘고 그것에 대한 원대한 포부를 펼치며 보람을 느낄 수 있을 텐데……. 뿐만 아니라 재능은 타인에게 베풀어도 없어지지 않고 더욱 더 풍성해지니 남다른 희열을 느낄 수 있는데 말이다.

내 경우에는 '강의'와 '글쓰기'에 대한 자부심과 목적의식을 가지고 행복과 보람을 느끼고 살아왔는데, 최근에 투병생활을 하며 그러한 것들도 보석 같은 선물이지만 누구도 피할 수 없는 죽음의 손아귀로부터 나를 구해준 '그 남자'의 사랑이 최고의 선물이라는 것을 가슴 깊이 절감했다. 죽음에 직면했다는 느낌이 들자, 통제할 수 없는 불안과 공포가 수시로 찾아와 온몸에 전기처럼 흘렀다. 그럴 때마다 그 남자를 유일한 희망으로 붙들고 다음과 같이 가슴으로 절절히 고백하고 또 고백했다.

당신은 수시로 비바람 부는 캄캄한 인생길에서 방황하는 나에게 영원한 소망의 빛이 가득한 길을 알려주기 위해 피 끓는 청춘의 생을 스스로 버렸습니다. 그럴 듯한 말이 아닌, 삶으로 보여주신 그 사랑이 최고의 선물입니다. 지금 이순간도 사랑의 빛으로 이 생명을 지키시고 불안과 공포의 어둠을 물리쳐주시는 그 위대한 사랑을 날마다 깨닫고 느끼게 해주시며, 당신만이 존재의 이유가 되어주시고 행복의 원천이 되어주고 계십니다. 출생 이전부터 당신 사랑의 주인공으로 나를 택하시고 지금까지 변함없이 쏟아 붓는 그 사랑을 아침 이슬처럼 잠시 머물다 스러지는 자가 어찌 다 깨달을 수 있을까요?

우리나라의 손양원 목사는 자신의 자식을 죽인 살인자를 양자로

삼아 사회에 기여하는 훌륭한 인물로 키웠고, 오스만 제국(현재 마케도니아) 태생의 테레사 수녀는 조국을 버리고 인도에 귀화하여 캘커타에 '사랑의 선교회'라는 기독교 계통 비정부 기구를 설립하여 45년간 빈민, 병자, 고아, 죽어가는 사람들을 위해 헌신하여 노벨 평화상을 받았다. 그밖에도 수많은 위인들이 그 남자가 베푼 사랑의 선물에 감격하여 몸소 그 사랑을 실천하여 세계 도처에서 찬란한 별처럼 어두운 세상을 비추고 있다. 이러한 분들을 상기하며 그 남자의 사랑에 흠뻑 젖는다.

역지사지

대부분의 사람들은 자기 관점에서 모든 것을 바라보는 습관이 있다. 영국의 옥스퍼드대학교 교수인 리처드 도킨스는 유명한 그의 저서 〈이기적 유전자〉에서 인간의 유전자는 태생적으로 이기적이라고 한다. 그의 주장이 학문적으로 얼마나 타당성이 있는지는 모르지만, 많은 신앙인들도 대체로 건강의 복, 물질의 복, 성공의 복, 자녀의 복 등 축복의 열매만을 기원하는 나 중심의 가치관에 초점을 맞추고 살아간다. 그래서 늘 세속적인 기도 제목을 이루지 못해 목마른 사슴처럼 애타게 갈증을 느끼는 경향이다.

인간관계에서도 그러한 성향은 마찬가지다. 남편들은 자신의 관점에서 아내를 바라보며 불만을 드러내고 아내들도 자신의 관점에서 남편에 대한 서운함, 불만족에 사로잡혀 있다. 그래서 서로 상대방의 단점을 바꾸고자 갈등과 다툼을 반복하며 살아가는 부부가 다

수다. 부모와 자녀관계도 비슷하다. 부모는 자신들의 바람대로 자녀가 성장해주기를 바라고 자녀들은 자신들의 요구조건만 주로 앞세우며 부모에게 불만족을 호소한다. 이러한 성향은 가족관계를 떠나 친구, 상사와 부하직원, 장교와 병사 등 모든 인간관계에서 똑같이 나타나는 현상으로 서로 상대방과 소통의 만족을 누리지 못하는 악순환을 반복하게 만든다.

우리나라에는 처지를 바꾸어 상대방을 먼저 배려하라는 교훈을 담고 있는 '역지사지'라는 고사성어가 있다. 신앙인들에게 적용해보면 무슨 일을 하든지 나 중심의 가치관이나 축복을 앞세우지 않고 하나님의 마음을 먼저 알려고 하는 자세를 갖는 것이라고 말할 수 있을 것이다.

예를 들면, 나에 대한 구원의 계획을 완성하시려고 외아들 예수가 죽는 처절한 고통의 장면들을 눈물로 지켜보신 아버지 하나님의 마음을 먼저 헤아리는 것이다. 그러면 내 욕망을 빨리 이뤄주지 않는다고 답답해하고 근심하며 하나님께 투덜대기보다는 나를 향한 하나님의 깊은 사랑에 감사하며 그를 신뢰하는 마음이 높아질 것이다.

하지만 이런 말을 하는 나도 오랜 세월 하나님의 마음은 아랑곳없이 내 욕구만 이뤄달라고 매달리는 철부지 아이로 살아오다 최근에 병석에 누워 기도하다 '그 남자'의 애절한 음성을 들으며 앞서 말한 그런 깨달음을 얻게 되었다.

가족관계에서도 마찬가지였다. 나와 다른 성격이나 가치관이 충돌할 때마다 아내에게는 화를 내거나 불만을 터뜨리며 그의 성격을 바꾸라고 종용했다. 아들에게는 내 교육관의 입장에서는 그의 학업을 위해 온갖 노력을 기울였지만 아들은 지금도 나를 위해 잘 해준 게 뭐가 있느냐고 수시로 볼멘소리를 한다.

우리나라 일부 구세대의 성인들에게는 아직도 여자는 남편의 말을 따라야 한다는 '여필종부'라는 유교사상의 잔뿌리가 잔존하고 있다. 그런데 세계최고의 선진국이라고 하는 미국에서도 2008년 mansplain이라는 신조어가 생겼다고 한다. 이 말은 man과 explain의 합성어로 남자는 여자를 하위의 존재로 보고 늘 설명하려는 증후군이 있다는 뜻이다.

이러한 문제는 개인과 사회의 문제를 떠나 국가적인 관계에서도 오랜 역사를 통해 극명하게 드러나고 있다. 오랜 세월 동안 자본주의 국가와 공산주의 국가 간의 대립으로 냉전이 계속되었다. 지금도 국가 간 자국의 이익을 앞세우는 갈등은 세계 도처에서 일어나고 있다. 우리나라 주변국들에서는 영토문제로 일본과의 갈등이 지속되고 있다. 동일민족이면서도 남한과 북한은 전쟁을 불사하면서 60년이 넘도록 극한 대립 상태를 유지하며 통일을 이루지 못하고 있다.

나보다 상대방을 먼저 배려하는 문제는 인류 역사가 존립되는 한 실천하기 어려운 인간성의 본질적인 문제라고 생각되지만, 오늘날은 인터넷의 발달로 세계 도처와 소통이 한순간에 이루어지는 시대가 되었으니, 어서 속히 상대방을 존중하며 협상하고 타협하는 문화가 진전될 수 있기를 간절히 소망해본다.

역사 이래로 이기적인 자기 본위의 가치관을 가지고 있는 인간들이 인류에게, 아니 잠시 머무르다 사라지는 티끌 같은 나에게 영원한 희락의 세계를 선물로 주기 위해 치욕적인 오명을 뒤집어쓴 채 죽음에게 자신의 전부를 제물로 바친 '그 남자'의 사랑을 어찌 이해할 수 있을까?

그 남자는 지금도 포기하지 않고 영혼의 문을 두드리며 "내가 너를 사랑한다. 내 사랑 너는 어여쁘고도 어여쁘다. 너울 속에 있는 비둘기 같고 네 머리털은 길르앗 산기슭에 누운 무리 염소 같구나...네 입술은 홍색 실 같고 네 입은 어여쁘고 너울 속의 네 뺨은 석류 한쪽 같구나...나의 사랑 너는 순전히 어여뻐서 아무 흠이 없구나...내 신부야 네 입술에서는 꿀 방울이 떨어지고 네 혀 밑에는 꿀과 젖이 있고 네 의복의 향기는 레바논의 향기 같구나……." 하면서 사랑을 고백하고 있다.

우둔한 철부지는 그 남자의 숭고하고 변함없는 사랑을 병석에 누워 눈물의 기도를 하는 가운데 매일 절절히 느끼고 있다. 왜 진작 그토록 사랑하는 그 남자의 마음을 헤아려보고자 하는 심정을 가져보지 못했던가! 죽음의 문 앞에 이르러 나약할 대로 나약해져서 그의 음성에 귀를 기울이며 그의 한없는 사랑을 느끼며 후회를 한단 말인가!

님이여, 감사해요. 질병의 고통이 쓰지만 영혼에 특효약이 되어 탐욕과 교만의 목이 부러지고 낮을 대로 낮아져서 당신의 사랑의 음성을 듣게 하시니, 고통이 견디기 힘들수록 영적인 축복의 보따리는 커진다고 믿습니다. 지금도 이 철부지의 고통을 안타까운 시선으로 바라보고 눈물을 흘리며 치유를 위해 기도하고 계실 당신을 생각하면 죄송스럽기 그지없고 감사하기 한량없습니다. 이제부터는 어떤 상황에서도 불안해하고 두려워하지 말게 하시고, 저의 모든 형편을 다 아시는 당신이 저를 항상 사랑하시고 돌보시는 마음을 헤아리고 또 헤아리며 평강을 누리게 하여주세요.

불쏘시개

문화센터 강의를 십여 년 째 해오고 있는데, 3개월 마다 한 번씩 수강생을 모집하여 강의를 진행한다. 처음엔 왜 3개월마다 개강을 반복하는지 몰랐다. 몇 년간 강의를 하며 그 의미를 체험으로 터득하게 되었다. 개강 첫 주엔 대부분 사람들의 눈빛이 호기심으로 반짝였다. 강의용 교재를 구입할 때도 서로 먼저 책값을 내미는 열의가 넘쳤다.

하지만 이러한 열정은 한 달도 채 넘지 못했다. 개강한 지 한 달 정도 지나기 시작하면 사람들의 숫자가 줄어들기 시작했고 3개월 째 되면 꽉 찼던 강의실이 한산하게 되었다. 왜 날이 갈수록 결석생들이 계속 느는지 수강생들에게 여러 번 문의해 보고 스스로도 판단해 보았다.

가장 큰 이유는 열정의 문제였다. 대부분의 수강생들이 주부들인데 학습 동기가 절실하지 않다 보니 열정이 미약한 것 같았다. 학교를 졸업한 지 수십 년 씩 되어 기초실력이 취약한데다 가벼운 취미삼아 수강을 하다 보니 작은 가정사나 개인적인 사정에도 쉽게 결강을 하고 한두 달 내에 강의를 포기해버리는 경우가 다반사로 일어났다. 그래서 3개월마다 인원 모집을 하는 것이 적당하다는 것을 알게 되었다.

이러한 현상은 신앙생활을 하는 성인들의 경우에도 비슷하게 나타나는 것 같다. 평범한 신자들의 경우에는 일주일간 바쁘고 힘들게 살다가 주일날 예배를 드리러 오니, 일주일에 하루 쉬는 날 예배를 드리러 오는 시간을 내는 것 자체를 대단한 일처럼 여긴다. 그렇다보니 예배를 통해 위로를 받는 것 이상의 신앙적 열정이 거의 보이지 않는다. 수십 년 이런 습관으로 신앙생활을 하는 사람들은 대체로 자신들의 신앙적 문제점을 인식조차 하지 못하고 미지근하고 수동적인 신앙을 근근이 연명해 간다.

신앙생활을 하지 않는 불신자들의 삶도 별로 다르지는 않다. 대다수의 사람들은 바쁘고 힘든 일과에 에너지를 거의 소모하며 집에서는 먹고 자는 것 외에 스마트 폰 게임, TV 시청, 산책 등 간단한 취미활동을 한다. 이렇게 바쁘고 단조로운 일상을 반복하다보니 원대한 꿈이나 목적의식을 가지고 의미 있고 도전적인 삶을 사는 사람들이 별로 없다. 그럴만한 정신적 열정의 불길조차 꺼져 있다.

10대나 20대의 젊은이들은 그래도 좀 낳은 편이라 할 수 있을까? 10대에는 대학입시라는 목표 하에 밤낮으로 학업에 열정을 쏟고, 20

대는 학업, 취업, 결혼 등에 열정을 쏟는다. 하지만 경쟁에 뒤지지 않기 위해 과도한 스트레스를 받고 피곤함에 지친 삶을 살아가기는 매한가지라 할 수 있다.

나의 경우도 40대까지는 평범한 사람들과 거의 다를 바 없는 생활을 해왔다. 늘 열정은 있었지만 신기루 같은 세속적인 꿈을 좇으며 대부분의 정신적 에너지를 소진하였다. 기도의 에너지조차 나를 향한 명예욕의 성취를 위해 사용하였고 그 욕망은 기대만큼 쉽사리 이루어지지 않아 혼자만의 가슴앓이를 하며 절망의 눈물을 많이 흘렸다.

긴 세월 좌절의 쓰라린 상처들을 가슴속 깊이 지닌 채 무기력한 생활을 하며 살던 50대 초반 쯤, 10여 년간의 기도와 목회자들과의 상담을 통해 이 땅에서의 존재의 이유와 나만의 타고난 재능에 대한 확신을 얻고 그 동안의 답답함을 풀 수 있었다. '가르치기와 글쓰기'의 재능을 통해 분명한 존재의 이유를 깨닫지 못하고 방황하며 살아가는 사람들에게 올바른 가치관을 제시해주는 영적인 지도자(a spiritual leader)가 되라는 하나님의 뜻을 깨닫게 된 것이다.

그 무렵 릭 워렌 목사의 〈목적이 이끄는 삶〉(Purpose-Driven Life)이란 책을 읽으며 하나님이 나에게 베푸신 재능, '가르치기와 글쓰기' 선물에 대한 희열과 감사와 사명을 느끼고 마음에 더욱 더 뜨거운 불길이 타오르기 시작했다. 그래서 주안장로교회의 문화센터에 봉사로 참여하는 영어성경과 생활영어 강의, 몇몇 대학에서의 강의, 동시에 삶의 목적의식과 잠재적 재능을 일깨우는 저술 작업에 열정을 쏟게 되었다.

하지만 최근에 대학 강의에서 은퇴를 하고 건강도 좋지 않아 죽음의 문턱을 오르내리는 위기를 겪으며 무기력의 늪에 다시 빠져들게 되었다. 6개월 정도 힘든 투병 생활을 하며 문화센터 강의마저 포기하고 유서까지 남기며 나를 향한 하나님의 의도를 날마다 눈물로 묻기 시작했다. 그러는 가운데 지금도 변함없이 나를 너무 너무 사랑하며, 여전히 나에 대한 원대한 목표와 계획이 있다는 '그 남자'의 음성을 듣고 가슴으로 전율하는 체험을 하게 되었다. 그 후부터 날마다 그 남자의 애틋한 사랑을 묵상하며 느끼는 가운데, 싸늘해진 가슴에 뜨거운 불길이 다시 타오르기 시작했다.

그 남자의 사랑이 곁에 있던 아내도 위로해 줄 수 없는 죽음의 염려와 공포를 몰아내고 어두운 가슴에 희망과 열정의 불을 붙여주는 영적인 불쏘시개가 되어주었다. 그래서 아직도 육체의 병은 다 치유되지 않아 고통의 굴속을 통과하고 있지만 뜨거운 심장의 피로 그 남자의 사랑에 대한 감사의 고백을 하고 있다.

모든 인간은 자신이 인정하든 인정하지 않든지 간에, 그 남자의 사랑으로 이 땅에 존재하게 되었고, 그 남자가 무한한 사랑으로 계획한 위대한 목표와 재능의 설계도를 가지고 있다. 게다가 그의 사랑 속에 온갖 혜택을 누리며 인생을 살아간다. 하지만 오랜 세월 자본주의 가치관이 지배하는 치열한 경쟁사회에서 사느라 물질주의 가치관의 영향을 크게 받고 살았기 때문에 그 남자의 사랑을 모르거나 무시하는 사람들이 다수이다. 내 경우에도 질병으로 죽음의 문턱을 오르내리며 모든 욕심을 내려놓고 낮아질 대로 낮아져서야 그 남자 사랑의 절대적 필요성을 깨닫게 되었고 삶의 유일한 희망의 버팀목으로 붙들게 되었다.

뚜렷한 삶의 방향을 찾지 못한 채 무기력하게 살아가는 그 누구라도 그 남자의 사랑을 깨닫고 느끼는 순간, 살맛나는 새로운 열정의 불길이 타오르기 시작할 것이다. 그 남자의 신비한 사랑은 생명을 소생시키고, 멋진 자기 인생의 설계도를 볼 수 있는 눈을 뜨게 하며, 분명한 목적의 길을 지향하는 새로운 사명감을 타오르게 하는 놀라운 불쏘시개가 될 것이다. '그 영적인 불쏘시개(the spiritual kindling wood)'로 활활 타오르며 어떤 힘들고 어려운 상황에 처한다 해도 담대하게 맞서며 그 남자의 사랑에 기뻐하고 감사하는 모두가 되길 간절히 기원해본다.

성경에 보면 아들이 둘인 가정 이야기가 있다. 큰 아들은 성실한데 작은 아들은 그렇지 못했다. 가족의 소중함을 모르는 작은 아들은 어느 날 아버지께 자신에게 물려줄 재산의 몫을 미리 달라고 한다. 그리하여 아버지는 하는 수 없이 그의 몫을 준다. 작은 아들은 자유의 날개를 달고 이웃 나라로 날아가서 그 돈을 유흥비로 신바람 나게 쓴다.

하지만 얼마 가지 않아서 그 돈을 모두 탕진하여 무일푼이 된다. 하지만 아버지의 책망이 두려워 속히 귀가를 하지 못하고 어느 농장에 가서 힘겨운 일을 하며 돼지들이나 먹는 음식을 먹으며 가출을 후회한다. 급기야 더 이상 견디지를 못하고 집으로 돌아가기로 결심한다.

그는 드디어 누더기 거지꼴로 귀가하여 더 이상 아버지의 아들로

불릴 수 없고 아버지 품꾼의 한 사람 정도로만 받아달라고 아버지께 하소연한다. 그러나 아버지는 한마디 꾸지람도 없이 아들을 끌어안아주며 제일 좋은 옷을 갈아입히고 손에 가락지를 끼우고 종들에게 살찐 송아지를 잡도록 하여 잔치를 열어준다.

아버지는 잃어버린 아들은 죽었다가 다시 살아났으며 잃었다가 얻은 것이라고 기뻐한다. 하지만 이를 본 큰 아들은 "내가 여러 해 아버지를 섬기고 명령을 어김이 없었거늘 염소 새끼라도 주어 나와 내 벗으로 즐기게 하신 일이 없더니 불성실한 동생에게는 이렇게 성대한 잔치를 열어줄 수 있습니까?" 하며 울분을 쏟아놓는다.

큰 아들은 오랫동안 소식도 모르는 집 나간 동생을 자나 깨나 애타게 그리워하는 아버지의 마음을 몰랐던 것이다. 아버지의 마음을 헤아리는 성숙한 아들이었다면 집 떠난 동생을 찾아와 아버지의 슬픈 마음을 위로해드렸을 것이다. 그렇게 하지는 못했더라도 돌아온 동생에게 그 동안 얼마나 고생이 많았느냐고 위로하며 아버지와 함께 기뻐했을 것이다.

오늘날 많은 신자들도 아버지 하나님의 마음을 헤아리지 못하는 것은 마찬가지인 것 같다. 세상에서 방황하다 돌아온 새 신자들을 대할 때 기뻐하실 그 분의 마음은 아랑곳없이 무관심하거나 외면하는 경우가 흔하다. 나도 예외는 아니다. 교회에서 주일날 새 신자 소개를 할 때, 천하보다 귀한 생명이 돌아왔다고 가슴이 찡하여 눈물을 흘리거나 격동적인 기쁨의 맥박을 느껴본 적이 거의 없다. 그저 타성에 젖어 형식적인 박수를 칠 때가 대부분이었다. 어느 때는 목사님이 새 신자에게 각별한 관심을 표할 때 이야기 속의 형처럼 오랫동안 성실하게 교회생활을 하는 나에 대한 관심은 거의 없다고 서운해 한 적도 있었다.

이러한 측면은 요즘의 가정에서도 마찬가지다. 다수의 자녀들은 자식 때문에 고생하며 노심초사하는 부모의 속 깊은 내면은 모르고 부모에게 감사를 표현하기보다는 자신들의 불만과 요구만을 토로한다. 나도 아비의 마음을 몰라주는 아들을 키우며 마음고생을 많이 한 후에야 돌아가신 아버지의 마음을 새록새록 깨닫게 되었다.

최근에 매스컴을 보면, 아버지에게 잔소리를 들은 아들이 아버지를 무자비하게 죽이기도 하고, 늙은 아버지를 모시기 싫어 아버지 몰래 이사를 가버리는 아들도 있다. 심지어는 유산을 빨리 가로채기 위해 아버지를 살해하는 아들도 있다. 이런 패륜아들의 소식을 빈번히 들으며 살아가는 게 피할 수 없는 실태이다.

예전에는 며느리가 시어머니에게 시집살이를 하는 게 보편적이었다면 근래에는 시부모와 함께 살려는 며느리는 거의 없고, 같이 산다고 해도 시부모가 며느리의 눈치를 보며 사는 게 일반적인 현실이다. 수년 전부터 짓는 대부분의 아파트 이름이 영어로 되어 있는데, 늙으신 부모님이 찾아올 수 없도록 하기 위해 고의로 그렇게 한다는 소문도 있다.

현대문명은 눈부시게 발전해가고 교육 수준은 날로 높아 가는데 왜 사회전반은 점점 더 살벌해지기만 하는 걸까? 온 인류에게 영원히 행복한 나라를 선물하기 위해, 극심한 정신적 육체적 고통에 몸부림치면서도, 아버지가 원하는 마음을 헤아리며 죽음에게 온몸의 피를 쏟아주고 선물 값을 지불한 '그 남자'의 위대함을 다시 한 번 떠올리지 않을 수 없다. 그는 아버지의 뜻에 순종하여 당시의 힘 있는 지도자나 권력자들에게서 말할 수 없는 박해와 수모를 당하면서도 아버지가 맡기신 임무를 끝까지 다 이루었다.

그가 고통을 견딘 가장 큰 이유는 아버지가 인간을 너무나 너무나 사랑하신다는 아버지의 마음을 뼛속 깊이 알았기 때문일 것이다. 이 시대를 살아가는 남녀노소, 지위고하를 막론한 모든 사람들은 번드레한 말이 아니라 실제적 삶으로 보여준 그 남자의 성숙한 인격을 숙연한 자세로 고개 숙이고 진지하게 본받아야 할 것이다.

사랑하는 님이여, 당신의 마음은 헤아리지 않고 늘 제 마음만 앞세웠던 철부지의 어리석음을 용서하시고, 아버지의 마음을 거역하지 않고 죽기까지 순종한 당신 인격의 향기를 이 둔감한 가슴이 날마다 느끼도록 도와주세요.

저처럼 자신만의 욕구를 채우기 위해 애태우는 가슴들도 당신 인격의 깊숙한 곳을 발견하고 느끼게 해달라고 흘릴 수 있는 눈물의 은총을 베풀어주세요. 사막 같은 세상에서 욕망의 바람을 따라 흩날리는 먼지 같은 존재들이 아버지의 마음으로 서로를 바라보고 당신 사랑의 꽃씨를 나누며 아름답게 상생하는 꽃밭을 만들어갈 수 있기를 간절히 소원합니다!

선생과 아비

60~70년대 만해도 우리나라는 집단 공동체 문화가 지배적이었다. 그래서 친척들이 같은 마을에 모여 사는 경우가 많았다. 젊은이들은 이웃집에 사시는 큰 아버지, 작은 아버지와 같은 어른들께 사랑을 듬뿍 받으며 자랐고, 어르신들은 친척 젊은이들을 아비의 마음으로 아껴주시고 보살펴주셨다. 친척 관계가 아니라 하더라도 아무개 아버지, 아무개 아들이라고 서로 부르며 따뜻한 온정이 가득한 한 가족처럼 살았다. 나의 가슴 한편엔 시골에서 지낸 그러한 어린 시절의 추억이 남아 있다.

그런데 80년대부터 도시문명이 급격히 발전하면서 많은 사람들이 아파트 숲속에 살며 이웃집 사람도 모르는 가운데 개인주의 중심의 삭막한 사회가 되고 말았다. 학력은 점점 고학력 시대가 되어 대부분의 사람들이 대학을 졸업하였는데도 이웃 간에 대화조차도 나누지 않는 이기적인 무관심의 찬바람이 사계절 분다. 엘리베이터에서 아이들이 어른을 만나도 인사를 하지 않고 아파트 놀이터에서 담배를 피우는 청소년들을 보아도 아비의 마음으로 훈계하는 어른들을 찾아보기 어렵다. 혹시 훈계하는 어른들이 있다 해도 어른들의 말을 두려워하는 청소년들을 보기 어려운 것도 마찬가지다. 매스컴을 통해, 버릇없는 청소년을 훈계하는 어른에게 도리어 청소년들이 무자비하게 폭력을 휘둘렀다는 기막힌 기사를 종종 접하곤 한다. 이런 기사를 보면 때때로 꺼들먹대며 지나치는 청소년들이 무섭기까지 하다.

중 · 고등학교에서도, 수업시간에 잠자는 학생들이 즐비하게 많지만 그들을 아비의 마음으로 훈계하는 선생님들은 보기 드물고, 학생이 잘못하여 선생님이 매를 들어도 학부모가 선생님을 고마워하는 게 아니라 경찰에 고발하는 시대가 되고 말았다.

가정도 조부모와 함께 살던 대가족 시대에서 부모와 자녀만 사는 핵가족 시대로 변모하면서 가족 간의 분위기도 많이 달라졌다. 대부분 맞벌이를 하느라 바쁜 부모들은 조부모들처럼 인간으로서의 도리와 예절을 가르치며 자녀들을 양육하기보다는 명문 대학을 가도록 지나친 압박을 가하는 잔소리꾼 선생들이 많다. 우리 부부도 맞벌이를 하며 하나 뿐인 아들에 대한 높은 기대감 때문에 늘 훈계를 했지만 서로에게 상처를 주고 실망감만 깊어졌을 뿐 기대 효과는 전혀 나타나지 않았었다.

교회에서도 성도들의 잘못된 신앙생활을 말씀에 비추어서 날카롭게 비판하는 목사들이 많이 있다. 이런 설교를 듣는 성도들은 말씀의 은혜를 통해 기쁨과 감사가 넘치는 게 아니라 죄책감이나 자책감에 고개를 수그리게 된다. 성경속의 인물 바울 사도는 고린도교회 성도들에게 내가 그리스도 예수 안에서 복음으로 너희를 낳았는데도 일만 스승은 있으되 아비는 많지 않다고 탄식을 한다. 가르치려는 자들만 많지 아비의 마음으로 사랑을 나타내는 자들이 없다는 것이다.

그렇다! 우리 사회는 진정한 선생도 아비도 찾아보기 힘든 세상이 된 지 오래다. 대다수의 사람들은 이런 사회의 피해자로 겉으로는 아무런 문제도 없는 듯 보이지만 가슴속에는 여러 가지 상처를 숨기고 대중 속에 살면서도 상호간의 바람직한 인간관계를 무시한 채 혼자만의 고독한 방에 갇혀 지낸다.

요즘 아픈 몸으로 많은 시간을 홀로 누워 지내며 아내조차도 질병의 고통이나 죽음의 두려움을 덜어줄 수 없는 절대 고독의 궁지에서 흐느낄 때가 많았다. 나를 사랑하는 '그 남자'는 수시로 그러한 처절한 마음에 찾아와 "두려워하지 말라. 나는 너의 힘들고 외로운 처지를 다 알고 있고, 언제나 너와 함께 있으며 너를 위해 일하고 있단다."라고 속삭이며 심약한 내 마음을 어루만져주었다.

그만이 나의 유일한 위로자이고 희망이다. 변함없는 사랑의 눈길로 지켜보며 언제나 보호해주고 동행해주는 그가 있기에 이 세상 누구보다 행복한 사람이라고 자부한다. 가끔씩 문제의 장벽에 막혀 조급한 심정으로 불안해하거나 걱정할 때도 있지만 시간이 꽤 흐른 뒤에 돌이켜보면 그는 늘 나의 문제를 외면하지 않고 적기에 놀라운 지혜와 능력을 주며 나의 예상을 뛰어넘는 좋은 길로 인도해준 위대한 선생이고 아비 같은 존재였다.

때로는 그가 함께 있다는 사실도 잊어버리고 좌절의 눈물을 흘리며 불평과 요구를 일삼는 어리석은 신부임에도 세상의 선생들처럼 문제점을 지적하며 꾸지람하지 않으시고 따뜻한 손길로 쓰다듬어주시며 "어여쁘고 사랑스런 신부야, 내가 너를 사랑한다. 지금도 너와 함께 있단다." 하며 늘 격려하는 그의 아비 같은 사랑에 심장이 터질 듯이 뜨거워진다.

님이여, 감사하고 감사하고 또 감사합니다. 당신의 극진한 사랑을 어찌 말로 다 표현할 수 있을까요? 평생토록 세상에서 가장 아름다운 노래와 연주로 당신의 사랑을 찬양해도 아쉽고 부족할 것입니다.

아무런 조건도 없이 오래 참고 온유하며 자신의 유익을 구하지 않는 당신의 높고 깊은 사랑을 점점 더 깨닫고 느끼고 감사하며 배은망덕하지 않는 자가 되게 해주세요. 이기적인 사랑에 상처 받고 지쳐서 참된 사랑에 목말라 하는 자들에게 제가 느끼고 경험한 당신의 사랑을 비추어 그들이 새로운 삶의 빛깔과 생기를 되찾게 해주세요.

지금 비록 아파서 자리에 누워있지만 마음만은 누구보다도 행복하고 황홀합니다. 이 순간은 병에 대한 두려움도 염려도 없이 당신의 사랑만이 가슴에 흘러넘치며 당신을 찬양하는 노래가 절로 나옵니다! 당신이 주시는 신비한 사랑의 호르몬으로 몸도 마음도 치유의 기적이 곧 일어날 줄 믿습니다.

사람들은 누구나 겉으로 표현을 하느냐 안 하느냐의 차이가 있을 뿐 자존심이 강하다. 개나 소나 말 같은 짐승을 보면 대부분 충직한 종처럼 주인을 섬기는 걸 볼 수 있다. 그런데 사람은 만물의 영장으로 창조되어서 그런지 모든 생물 중에 자존심이 가장 강하여 타인에게 굴종하는 것보다 주장하거나 존경받는 걸 좋아한다. 대체로 열등감이 많아 자존감이 낮은 사람들일수록 상대방의 비판이나 지적에 과민하게 자존심에 상처를 받아 쉽게 좌절하거나 자기 방어를 위해 지나치게 분노나 불평을 드러내는 경향이 있다.

특히 남자들은 여자들에 비해 자존심이 강하여 아내의 말이 옳아도 쉽게 받아들이려 하지 않고 쓸데없는 잔소리로 치부하며 도리어 어깃장을 놓기까지 한다. 이런 말을 하는 나도 웃음이 절로 나온다. 지난 날 아내에게 저지른 그런 행동들의 영상이 떠오르기 때문이다.

우리나라에는 '벼는 익을수록 고개를 숙인다'는 속담이 있지만 요즘 세태를 보면 많이 배우고 지위가 높은 사람들일수록 자신의 잘못을 인정하고 고개를 숙이는 사람들을 거의 볼 수 없다. TV를 보면, 여당, 야당을 불문하고 국회위원들이 핏대를 세우며 자신의 의견만 옳다고 내세우며 상대방의 멱살을 잡고 싸우거나 욕설을 퍼붓는 것을 보게 된다. 하지만 그런 모습을 보는 평범한 사람들도 별반 다르지는 않다. 도로상에서 보면 차창 밖으로 얼굴을 내밀고 자기만 옳다고 소리치며 서로 상대방에게 욕설을 퍼붓는 사람들을 흔히 볼 수 있다.

성경에서 예수는 "회개하라 천국이 가까이 있느니라."라고 말한다. 바꾸어 말해서, 내 생각과 내 마음의 중심을 돌이켜 하나님 마음 중심으로 바꾸면 마음의 천국을 누릴 수 있다는 뜻일 것이다.

최근에 몸이 아파 자주 누워서 "하나님, 살려주세요, 도와주세요."라는 말을 뼛속 깊은 곳에서 토하는 말로 간절히 연발하며 기도하던 어느 날, 지난 날 내 욕망 중심으로 일삼았던 생각과 행위들이 하나씩 떠오르며 뜨거운 눈물이 쏟아지게 되었다. 그러는 도중에 나를 사랑하는 '그 남자'의 음성이 가슴에서 들렸다.

"두려워하거나 염려하지 말라. 내가 과거에도 너를 사랑하였고 지금도 사랑하고 있단다. 내가 너를 사랑하여 이미 네 질병의 뿌리를 뽑아버렸으니, 이제 질병의 증상을 보지 말고 내가 너에게 베푼 사랑을 믿도록 해라."

그 말을 들으며 오랫동안 말로만 듣고 머리로만 알던 그의 사랑이 내 마음에 뜨겁게 느껴지기 시작했다. 그러면서 그의 깊은 사랑을 깨닫지 못하고 늘 염려하며 육적인 내 유익을 이뤄달라고 요구하기에 급급했던 내 생각과 마음을 회개하기 시작했다. 한참동안 눈물을 쏟고 나니 마음이 후련해지고 평안해지며 염려와 두려움이 사라졌다. 감사의 물결이 잔잔히 흐르는 가운데 그 분의 사랑이 가슴에 충만해졌다. 사랑 안에 두려움이 없다는 성경 말씀을 구체적으로 체험하게 된 것이다.

전에는 "두려워하지 말라. 내가 너의 하나님이니라." "내가 사망의 음침한 골짜기를 다닐지라도 해를 두려워하지 않을 것은 주께서 너와 함께 하심이라." 등의 말씀을 머리로 암송하며 염려와 두려움을 내몰기 위해 안간힘을 써도 잠시 후면 다시 염려와 두려움이 재빨리 내 마음을 사로잡았었는데, 뼈저린 회개의 눈물이 터지며 '그 남자'의 깊은 사랑을 가슴으로 느끼게 되니, 통증이 다시 느껴져도 두렵지 않고 그가 증상까지 없애는 치유를 마무리하는 과정이라는 믿음이 온몸에 퍼지며 마음의 평안이 유지되었다.

그 때 이후로는 염려나 두려움이 마음속에 들어오려고 기웃거릴 때마다, 나와의 영원한 사랑을 위해 온몸이 피투성이, 만신창이가 되는 형벌을 마다하지 않았던 '그 남자'의 큰 사랑을 신속히 묵상하며 실제적인 감정으로 느끼기 시작했다. 그 남자가 뿜어낸 애절한 사랑의 감정을 내 몸의 세포들이 체험한 후로는 이전처럼 염려나 두려움에 쉽사리 사로잡히지 않았다.

하지만 투병의 나날을 보내며 여러 가지 난관을 만날 때 '그가 나를 사랑한다. 그가 나를 돕고 있다'라는 말을 되뇌어도 심령의 평안을 제대로 유지하지 못할 때가 여전히 많았다. 한 가지 달라진 점이 있다면, 이제는 걱정이나 불안이 엄습해도, 그에 대한 신뢰가 나약하다고 자책하거나 슬럼프에 빠져들지 않고 '그 남자'가 나에게 보내주신 영이 도움을 청하라는 신호를 보내주셨다고 내 영이 예민하게 인식하고 긴급 도움을 요청하는 기도를 소리 내어 간절하게 반복한다. 그러면 평안과 감사가 다시 찾아와 어려운 문제와 담대히 싸울 힘이 솟는다.

단번에 문제의 장애물을 뛰어 넘지 못하는 경우도 많지만, 문제의 현상들을 해결하려고 조급해하지 않고 평안을 유지한 채 그 남자의 사랑을 거듭거듭 묵상하고 느끼며 기다리면, 놀랍게도 예상치 못한 때에 마음에 임재하고 계시는 그 남자의 영이 문제를 해결할 수 있는 지혜나 능력을 보내주신다. 오랜 세월 동안, 기도하며 기다리지 못하고, 내 생각, 내 의지로 성급히 문제의 장애물을 제거하려는 조급한 생각의 습성이 오히려 불안과 두려움을 마음에 불러들여 문제 해결을 지연시켰던 것 같았다.

사랑하는 님이여, 문제만 생기면 문제의 현상들에만 집착하며 당신은 왜 도와주지 않고 어디에 계시느냐고 수시로 당신께 불평하며 불안해하던 자에게, 눈물의 선물을 주셔서 늘 조급한 내 생각을 앞세우는 자신을 회개하게 하시고, 당신의 사랑을 거듭 인정하고 신뢰하며 당신의 도움을 기다리는 자가 되게 하시니 감사를 드립니다.

늘 기도할 때마다 회개하는 눈물의 선물을 가장 먼저 채워주세요. 회개의 눈물을 통해 영적인 귀를 열어주시어 당신의 음성에 주파수를 맞추고 당신의 속마음을 깨달으려는 믿음을 부어주세요. 당신의 속마음을 알면 알수록 당신이 저를 위해 예비하신 영적인 사랑의 계획을 보는 눈도 열리게 하실 줄 믿습니다. 눈물의 선물의 은혜로 영적인 귀와 눈이 열려 나를 향한 당신의 마음을 아는 것이 가장 큰 축복인 줄로 믿습니다.

가시 돋친 장미

꽃들의 여왕으로 불리는 장미에게도 흉하게 돋아난 가시가 있다. 가시는 완벽한 외모의 치명적인 흠점 같기도 하지만 외부의 적들로부터 자신을 보호할 수 있는 효과적인 무기가 되기도 한다.

어쨌든 화려하고 부드러운 살결에 너무나 조화되지 않는 날카로운 가시를 지니고 사는 장미는 열등감대신 자신감이 넘치는 풍모와 매혹적인 향기로 뭇 사람의 찬사를 받는다.

고난의 비바람을 맞으며 짧은 생애 동안 살점이 찢기고 떨어지면서도 비명을 지르거나 눈물을 흘리지 않고 죽는 순간까지 향기를 뿜어대는 자신의 사명을 다한다.

하지만 안락한 장소에 살고 있는 종이 장미는 보기 흉한 가시도 없고 비바람에 살점을 찢기고 죽어야하는 비운을 전혀 겪지 않으면서도 향기를 뿜어내는 열정이 전혀 없는 무기력한 존재에 불과하다.

이러한 종이 장미를 그 누가 흠모하겠는가.

인간 세상도 별반 다를 게 없다고 생각한다. 다수의 사람들은 종이 장미처럼 비바람 불지 않는 안락한 환경에서 살기를 갈구하며 자신만의 안일을 추구하지만 이런 사람들은 타인들에게 좋은 영향력을 나타내는 향기를 뿜을 수 없는 이기적인 인생을 살아갈 뿐이다.

그렇다고 그러한 사람들이 자신들의 희망처럼 종이 장미 같이 비바람이 전혀 없는 환경에서 살아 갈 수 있는 것도 아니다. 시시때때로 비바람의 공격을 당하면서 자신만 살아남으려고 기를 쓰며 슬픔과 좌절의 눈물을 흘리기도 하고 쓰라린 고통의 비명을 지르며 인생을 탄식한다.

하지만 소수의 위대한 사람들은 안락한 자신의 환경을 스스로 박차버리고 폭풍이 몰아치는 곳을 찾아가 피와 땀을 쏟으며 그곳에서 신음하고 죽어가는 사람들을 살리고 돌보는데 일생을 바친다.

독일 출생의 슈바이처는 어린 시절 주일 학교 때 목사인 아버지로부터 아프리카에서는 사람을 잡아먹는 식인종이 있다는 말을 듣고 충격을 받으며 어른이 되면 아프리카 사람들을 위해 살겠다고 굳게 다짐을 했다고 한다. 그는 성인이 되어서 목사가 되었지만 아프리카 사람들을 위해 봉사하고자 의학 공부를 시작하였다. 가족들은 목사로서 본국에서도 얼마든지 좋은 일을 할 수 있는데 왜 구태여 위험한 곳을 가려 하느냐고 몹시 반대를 하였지만 아내만의 지지를 얻고 그곳으로 가서 가난하고 병든 사람들을 위해 일생을 바쳐 노벨 평화상을 받은 인물이다. 그의 불타는 심장으로 쏟은 인격의 향기는 오늘날 전 세계인들의 가슴에 감동의 불길을 타오르게 한다.

탐험가로 널리 알려진 리빙스턴 역시 영국 스코틀랜드에서의 안일한 삶을 포기하고 아프리카로 건너가 가난하고 병든 사람들을 위해 일생을 바친 사람이다. 그는 어느 날 맹수로부터 어깨를 물려 죽을 처지가 되었다고 한다. 그를 돕는 사람들이 이제 본국으로 가서 편안한 여생을 보내라고 권유했지만, '사명이 있는 자는 절대로 죽지 않는다'는 말을 하며 귀국을 단호히 거절하고 목숨이 다하는 순간까지 그곳 사람들을 위해 헌신의 향기를 쏟았다고 한다.

그런데 놀라운 것은 이 분들 모두 피 끓는 청춘 육신적 욕망의 자아를 뽑아버리고 인류를 죽음의 구렁텅이에서 건지는데 생의 전부를 바친 '그 남자'의 사랑의 향기에 감동을 받아 과감히 자신들의 안일을 쓰레기 봉지처럼 팽개치고 그 남자가 보여준 사랑의 발자국을 뒤따르기 위해 평생토록 피땀을 쏟은 사람들이다.

인류 역사에 빛나는 수많은 위인들이 숭배한 그 남자가 흙허물 덩어리인 나에게 어떠한 노력이나 희생의 땀 한 방울도 요구하지 않고, 사후(死後)에도 영원히 살 수 있는 나라에 가는 특권뿐만 아니라 상속권을 선물로 주고, 자신의 신부로 삼아 날마다 다정한 말로 시들어가는 인생의 나무 이파리에 뚜렷한 목적과 의미의 생기를 북돋아주시다니 그 놀랍고 고마운 사랑에 감격할 따름이다.

그래서 투병 중에 무기력한 나날을 보내고 있으면서도 조건 없이 부어주는 그 남자의 사랑을 견딜 수 없어 이 글을 통해 그 사랑을 고백하고 있다. 뿐만 아니라 신랑의 진정한 사랑의 깊이를 나날이 깨닫고 느끼며 인생의 동반자 아내에 대한 자세도 달라지고 있다. 존재 자체를 소중히 여기며 감사하고, 눈에 보이는 단점들 때문에 수시로 변덕을 부리지 않는, 조건 없는 사랑의 향기를 지속적으로 뿜어보려는 습관을 연마 중이다.

사랑하는 님이시어, 아파트 담벼락에 흐르러지게 피어 은은한 향기를 풍기고 있는 덩굴장미를 바라보며 당신 사랑의 향기를 온몸으로 느끼면서 감사의 노래를 작은 선물로 올려드립니다.

형편없는 철부지의 노래지만 귀염둥이 신부의 마음으로 받아주시면 감사하겠습니다. 이러한 감사의 노래를 평생토록 이어갈 수 있도록 이 가슴이 당신의 숭고한 사랑을 항상 느낄 수 있는 기도의 무릎을 날마다 꿇게 하여주세요.

제 육신을 스스로 바라보면 나약하지 짝이 없지만 당신의 특별한 사랑을 받는 소중한 존재임을 깨닫고 믿사오니 당신 사랑의 향기를 혼신을 태워 빚은 글에 담아 마음의 고통으로 남몰래 신음하는 사람들의 가슴으로 흘려보내는 작은 통로로 사용하여주세요.

이제는 더 이상 신기루 같은 세상의 명예에 미련을 두지 말게 하시고, 아직도 몸과 마음에 숨어서 자라는 속물적인 욕망의 잔뿌리들을 기도의 망치로 짓이기며, 당신이 은밀한 속삭임으로 부어주시는 향기를 항상 열망하게 하여 주세요.

종소리

학교종이 땡땡땡
어서 모여라
선생님이 우리를 기다리신다

이것은 초등학교 1학년 때 배웠던 동요이다. 시골에서 초등학교를 다니던 시절에는 학교에서 일하는 '소사'라고 부르던 아저씨가 수업의 시작과 끝을 종을 쳐서 알렸다.

호기심이 많았던 때인지라 어느 날 방과 후 몇몇 친구들과 종을 이리저리 들여다보며 종의 추가 달려있는 끈을 살짝 당겨보니 은은한 소리가 울려 퍼졌다. 추를 세게 당겨보니 종소리가 귀가 따가울 정도로 크게 울렸다.

그 시절엔 단지 호기심과 장난기가 발동하여 종을 쳐보았지만, 오랜 세월이 지난 지금 아련한 그리움 속에 종소리를 회상해본다. 종은 추를 맞을 때마다 온몸의 살점이 파르르 떨리는 고통을 견디면서도 넓은 운동장 구석구석에서 놀고 있던 아이들에게까지 수업의 시작을 알려 땀을 뻘뻘 흘리며 교실로 뛰어 들어가게 하였고, 수업이 지루하여 몸을 뒤틀고 있던 아이들에게 한순간에 신바람을 솟구치게 하여 교실 밖으로 달려 나가게 하는 마력을 지녔었다.

매를 맞으면서도 자신의 사명을 다하던 종은 수십 년이 지난 지금까지도 가슴에 아름다운 추억으로 큰 울림을 주고 있다. 하지만 오늘날 세태를 보면 나라의 지도자들인 정치꾼들은 오로지 선거철에만 백성들에게 행복한 나라를 만들어주겠다고 입술로만 나불대고, 평소엔 금배지를 달고 어깨에 힘을 주며 서로 파당을 이루어 싸움질하는 모습만 보여주기 일쑤다.

세상에 빛과 소금의 역할을 해야 한다고 강조하는 기독교의 모습도 크게 다르지는 않다. 입술로는 세상을 죄로 썩을 대로 썩었다고 비판하며 회개를 촉구하면서도 진정 바르고 아름다운 세상을 위해 자신들이 먼저 회개하고 희생하는 솔선수범의 모습을 찾아보기는 드물다. 오히려 안타깝게도 사회적인 물의를 일으키는 국가의 큰 사건이 일어날 때마다 거의 기독교인들이 끼어있는 모습을 자주 본다.

그러한 모습을 볼 때마다 가슴이 아프다. 하지만 다년간 신앙생활을 해온 나의 모습도 별반 다르지 않았다. 간절한 기도의 대부분은 개인의 세속적인 욕망을 채우기 위하거나 가족의 평안을 위해 주로 했을 뿐, 그늘진 이웃이나 병든 사회를 위해 구체적인 목표를 정하고 절실히 기도하며 행동으로 그러한 캠페인을 벌리거나 모임을 만들려고 노력한 적도 없다. 단지 공부에 지치고 비전이 뚜렷하지 않은 10대와 20대에게 정신적인 보약을 주기 위해 두 권의 책을 집필한 것뿐이 없다.

지난 해 '세월호' 사건이 일어났을 때도 보면 대다수의 정치 지도자들은 서로 입술로만 책임을 전가하고 싸우는 모습을 보였을 뿐이고 진정 피해자들을 돕기 위해 몸을 아끼기 않고 희생하는 모습을 행동으로 보여준 사람들은 전국에서 사랑의 심장으로 달려온 자원봉사자들과 생사를 무릅쓰고 바다에 몸을 던진 잠수부들이었다. 강 건너 불구경하듯 무기력함을 자책하며 기도하던 나에게는 '그 남자'가 유가족, 생존자, 이 나라를 위해 위로의 글을 쓰라는 음성을 들려주어 〈이름 없는 잡초의 통곡〉이라는 시집을 출간하였다.

그런데 나를 사랑하는 그 남자는 역사 이래 세상의 그 누구와도 비견할 수 없을 만큼 달랐다. 뭇사람들이 거짓 죄명을 씌우고 온갖 욕설을 퍼붓는데도, 한마디 항변도 없이 그들의 영혼 구원에 마음의 시선을 고정하고 잔혹한 형벌을 신음과 비명이 섞인 피눈물을 삼키며 온몸으로 받아들였다.

그의 처절한 신음과 비명의 추가 나의 가슴 깊은 곳을 때려 견딜 수 없을 정도로 아리게 울린다. 그 엄청난 사랑의 종소리에 나의 모든 사욕과 자존심이 눈물을 흘리며 녹아내린다. 이보다 더 크고 장엄하게 울리는 사랑의 종소리가 있을까? 이 종소리가 가슴을 진동할 때마다 감사의 노래가 온천수처럼 뜨겁게 솟구친다. 그럼에도 이

우둔하고 나약한 자는 수시로 불안과 걱정과 두려움의 덫에 걸려 그 종소리를 듣지 못한 채 좌절의 늪을 허우적댄다.

하지만 사랑하는 '그 남자'는 나를 버리지 않고 감싸 안아주며 "두려워 마시오. 사랑스런 내 신부여, 내가 그대를 사랑하오. 모든 염려와 두려움의 짐을 내던지고 내 품에 기대시오." 하며 나의 허물을 조금도 탓하지 않고 울고 있는 어린 아기 같은 나를 마냥 달래주신다. 아~ 너무나 커서 감당할 수 없는 사랑을 이 초라한 자에게 날마다 순간마다 쏟아부어주시니 이 세상에서 더 큰 복을 받아 누리는 사람이 또 있을까?

이 땅에서 생명이 다 하는 그날까지 그 남자가 날마다 순간마다 들려주는 사랑의 종소리를, 그 소리를 듣지 못하는 모든 사람들에게 전하고 싶다. 이 순간도 그 종소리의 울림을 견딜 수 없어 병약한 몸을 일으켜 컴퓨터 앞에 앉는다. 그 숭고한 사랑의 울림을 어떻게 해야 효과적으로 알릴 수 있을지 몰라 머리와 가슴의 살점들을 이리저리 쥐어짜는 통증의 추로 연약한 가슴의 종을 울리며 글자판을 두드린다.

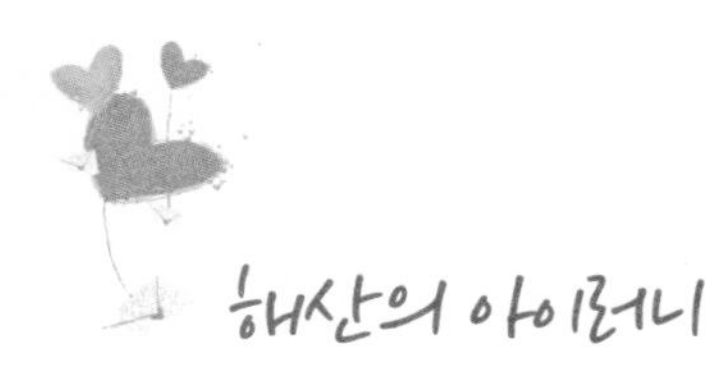

해산의 아이러니

여인들은 임신하면 10개월간 힘든 고통을 견딜 뿐만 아니라 먹는 음식도 함부로 먹으면 안 되고 약, 음주, 흡연 등은 삼가야 한다. 뿐만 아니라 말이나 행동도 각별히 조심하여 소위 '태교'라는 것을 한다. 이어서 출산을 하는 과정에서 말할 수 없는 고통을 겪는다. 하지만 태어난 아기를 보는 순간 그 고통을 말끔히 잊어버린다고 한다. 얼마나 이성적으로 이해하기 어려운 극적인 반전인가?

자고로 출산의 고통이 두려워 임신을 포기하는 여인들은 드물다고 한다. 나이가 지긋하신 어른들은 칠팔 남매를 둔 경우가 흔하다. 많은 자녀를 키우며 애로도 많이 있었겠지만 그러한 고통을 뛰어넘는 기쁨과 보람이 있기에 자녀들에게 평생 혼신을 다 바치셨을 것이다.

요즘 일부 젊은이들처럼 아이를 낳지 않으면 출산의 고통도 따르지 않고 경제적인 부담이 적은 것은 사실일 게다. 하지만 자녀를 통해서 얻을 수 있는 다양한 행복감은 전혀 맛볼 수 없는 것이 자명한 이치다. 성경에서도 "젊은 자의 자식은 장사의 수중의 화살과 같으니"(시편127:4)라고 말하며 자식의 소중함을 강조하고 있다. 그런데도 자녀를 갖지 않는 젊은이들이 점점 증가하는 추세에 있어 국가적인 고민거리가 되고 있는 현실이다.

글을 쓰는 사람이면 누구나 겪는 창작의 고통도 흔히 해산의 고통에 비유된다. 한 작품을 완성하기까지는 피를 말리고 골수를 짜내는 것 같은 아픔이 따르지만 완성된 작품을 보면 출산한 옥동자를 보듯이 뿌듯한 기쁨과 보람이 따른다. 그러기에 창작의 고통을 구실로 글쓰기를 포기하는 작가는 거의 없고 작가의 자부심을 느끼며 평생토록 창작의 고통을 스스로 감내한다. 수십 년 째 글을 쓰는 나 자신이 이를 통감하고 있다.

게다가 해산은 당사자에게 뿐만 아니라 다른 사람들에게까지 커다란 기쁨과 의미를 준다. 자식으로서 부모의 마음을 기쁘게 하는 일들이 다양하게 많이 있겠지만 손주를 안겨주는 일이 그 중에 으뜸일 것이다. 그래서 며느리가 임신을 하면 온 가족이 여왕을 모시듯이 떠받들며 기뻐한다. 반면에 불임의 며느리는 평생 시부모에게 고개를 떳떳이 못 들고 남모르는 가슴앓이를 하며 애간장을 태운다. 요즘은 핵가족 시대가 되어 시부모와 함께 살지 않는 경향이니까 심적 부담이 줄어든 셈이다. 하지만 명절 때가 되어 시부모를 만날 때면 남모르는 엄청난 스트레스를 받는다고 한다.

신앙생활도 비슷한 측면이 있다. 교회를 수십 년 다니면서 목회자로부터 늘 들어온 말이 새 신자를 낳아오라는 말이었다. 그것이 성도의 가장 큰 의무라는 것이었다. 하지만 신자를 낳는 일은 결코 쉽지 않은 일이다. 그래서 새 신자를 위한 행사를 할 때마다 무거운 심적인 부담을 느끼게 된다. 주변에 있는 가족이나 친지들이 죽으면 천국으로 가지 못할 것을 뻔히 알면서도 그들을 교회로 인도하지 않는 사람은 진정한 신자가 아니라는 말을 들을 땐 죄책감과 자책감의 무게를 견뎌내기가 너무나 힘들어 차마 고개를 들고 설교를 들을 수 없는 지경에 이르기도 한다.

그래서 교회에서 유명 연예인이나 유명 강사까지 초청하여 새 신자 초청 잔치를 할 때면 기쁨이 넘쳐야 하는데, 오히려 마음이 무거워져 그 기간에 쥐구멍이라도 들어가고 싶은 심정일 때가 있다. 아이러니컬하게도 성대한 축제를 벌이는 내내 그 누구도 모르는 무기력한 자괴감에 가슴이 쓰리기도 한다.

그러한 상황에서 기도의 말문까지 막히던 어느 날 저녁 맥없이 잠자리에 누웠을 때, '그 남자'의 음성이 가슴속에서 잔잔한 바람처럼 일어나며 속삭여주었다. "조급하게 좌절하지 마라. 무거운 의무감이나 자책감으로 네 목을 옥조이지 말고 편안한 마음으로 기다려라. 시아버지는 아이를 낳지 못하는 며느리의 심정도 다 아신단다. 아이를 낳는 일이 책임감만 높다고 억지로 되는 것이 아니잖니? 손주를 기뻐하는 시아버지의 마음을 깊이 깨닫고 감동을 받으면 저절로 아이를 갖고 싶은 간절한 소원이 생길 것이다. 그때 신랑인 나의 도움을 청해라. 그러면 머지않아 출산의 기쁨도 맛보게 될 것이다." 그렇다. 모든 사람이 자신의 의지대로 아이를 낳을 수는 없는 것이다. 하늘이 축복해야 가능한 일일 것이다. 그래서 돈과 명예 등 사회적인 좋은 조건을 다 갖춘 부부가 첨단 현대 의학을 총동원해서 이용해도 아이를 낳지 못하는 사례를 종종 보게 된다. 시부모나 남편의 눈길을 의식하며 강박관념을 가지고 노력할수록 그것이 오히려 스트레스로 반작용하여 임신하기가 더 어려울 수도 있다는 생각이 든다.

그 남자의 음성을 들으며 전도하는 것도 이와 비슷하다는 깨달음을 얻게 되었다. 전도 행사에 대한 지나친 책임감이나 의무감으로 태신자의 숫자를 의식하기보다는 불신자의 영혼을 사랑하는 진정성 있는 마음을 전하려는 자세로 꾸준히 복음의 씨를 뿌리는 것이 낫다고 생각하니 마음이 한결 편안해진다.

사실 전도와 관련해 평소의 가장 큰 문제는 영혼을 사랑하는 마음이 식어버린 것이다. 신앙생활의 연륜이 더하면서 나도 모르게 예배만 습관적으로 드리는 신자로 전락해가는 것이 가장 부끄러운 솔직한 심정이다. 처음 신자가 되었을 때의 구원의 감격과 그 사랑이 너무 감사해서 전하지 않고는 견딜 수 없는 감동을 회복하는 것이 급선무인 것 같다. 지금 이 순간도 아흔 아홉 마리의 양보다는 한 마리의 잃어버린 양을 찾지 못하고 있는 것에 안타까워하는 그 남자의 애절한 눈동자가 가슴을 뜨겁게 한다. 나도 모르는 사이에 그의 편안한 품안에서 오랫동안 잠들어 안일하고 나태해진 마음을 속히 일깨워 그가 가장 기뻐하는 일에 새로운 열정을 쏟아야 되겠다는 단호한 결의를 다진다. 옥동자를 받아 안고 만면에 미소 짓는 그를 바라보는 눈을 뜨니 해산의 진통이 도리어 큰 축복의 선물로 다가온다.

황홀한 사랑

이 세상 모든 사람들은 누구나 사랑의 공감대가 잘 맞는 상대를 선호한다. 하지만 서로 만족할 만한 공감을 지속적으로 누리며 살아가는 사람들은 드물다. 가장 친밀한 관계라 할 수 있는 가족 구성원들조차도 가슴에 상처를 주고받으며 아옹다옹 살아가는 사람들이 대다수이다.

그래서 부부간의 갈등, 부모와 자녀간의 갈등, 고부간의 갈등 같은 용어들이 일반화되어 있고, 한 가족 안에는 이러한 문제들이 복합적으로 얽히고설켜 있기 때문에 사랑의 향기만이 가득한 가정의 행복을 날마다 삶속에서 누리고 사는 것은 모든 사람들의 평생의 과제이다.

인생에서 가장 젊고 순수한 나이의 젊은 남녀들의 사랑도 예나 지금이나 어렵기는 마찬가지이다. 특히 요즈음 자존심과 개성이 강한 젊은 세대의 사람들은 조그만 갈등에도 화해를 위해 오래 참지 못하고 쉽게 헤어지는 추세가 높다. 누구나 멋진 상대에 대한 상상의 나래를 펼치며 환상적인 사랑을 꿈꾸지만, 막상 그런 기대를 채워줄 것 같은 상대를 만나 교제를 한다 해도 얼마 지나지 않아 서로 상처를 주고받고 실망하는 경우가 적지 않게 일어난다.

갈등의 문제를 겪을 때는 대다수의 사람들이 상대의 결점에 실망하거나 분노하며 상대가 문제점을 개선하면 원만한 관계가 회복될 것이라고 판단하며 서로 지적하거나 비난하기 일쑤다. 그러나 실망지수나 분노 지수가 높을 때는 수십 년간 서로 다른 문화적 배경에서 형성된 상대의 성격이나 습관을 바꾸려는 자체가 어리석은 일이라는 객관적인 판단을 내릴 여유를 갖지 못하는 게 보편적인 성향이다.

수많은 삶의 고개를 넘다보니 사회생활을 통해 다양한 갈등의 모습을 보았고 나 자신도 아내와 친족을 통해 수시로 갈등의 고통을 겪으며 살아가고 있다. 직장이나 사회에서 만나는 사람들과의 갈등은 회피하거나 절연해버리면 끝낼 수도 있지만 불가피한 혈족과의 갈등은 그럴 수도 없으니 가장 힘든 애증의 고통이다.

때로는 마음이 잘 통하는 상대를 만나지 못해 아름답고 행복한 사랑을 누리며 살지 못했구나 생각하며 아내와 자식의 복이 없다고 그들을 탓하며 슬픈 고독감에 젖어 한숨을 지어보기도 했다. 허나 오랜 세월이 흐른 지금, 종종 내가 무의식적으로 쏟아 놓은 비난이나 분노로 인해 쌓인 그들의 상처들을 보게 되었고, 치유되지 않은 상처들 때문에 일상의 작은 문제에 부딪쳐도 이전에 저장된 상처 받은 감정들이 분출하여 불협화음이 커지는 것을 깨닫게 되었다.

더구나 경쟁이 치열한 사회생활을 하다 보면, 자기중심적이거나 다혈질인 상사들, 동료들, 하위직원들을 통해 많은 상처를 받기 십상이다. 나도 첫 직장인 고등학교 교사를 하며 호랑이 같은 교장선생님을 만나 충격적인 상처를 수시로 받았고 말썽꾸러기 학생들을 통해 속을 부글부글 끓이며 극심한 고통을 겪었다. 그래서 지금도 교회에서 고등학생들을 지도하는 교사가 되기를 꺼려하는 트라우마가 남아있다.

특히 성품이 소극적이고 내성적인 사람들은 타인에게 싫은 소리를 못하고 불편함을 스스로 참고 감수하다가 상대에게 손해를 보거나 상처를 입고 타인의 시선에 예민한 사람으로 혼자서만 가슴앓이를 하며 대인기피증, 불안증, 우울증 등을 겪기도 한다. 나도 이러한 부류의 사람으로 많은 사람들과 어울리는 것을 즐기지 않는다.

겉으로는 멀쩡해 보여도 알고 보면 다수의 사람들은 상처가 많고 상처들로 인한 우울, 분노, 열등감 등이 깔려있는 사람들이다. 그래서 상대방의 상처까지 이해하고 포용하는 넉넉한 가슴을 가진 사람들은 드물다. 예를 들면, 네티즌들 다수는 매스컴에 어느 유명인사가 비리에 연루되면 거친 공격을 사납게 퍼부으며 정죄하고 분노한다. 그 충격으로 당사자가 갑작스레 받은 모욕감을 견디지 못하고 자살하는 경우도 보게 된다. 네티즌들의 뭇매질을 볼 때마다 모두가 허물과 실수가 많은 사람들인데 너무나 매몰차다는 생각을 하게 된다.

마치 자신들보다 잘났다고 인정받는 사람들을 공격하는데서 이상한 쾌감을 느끼는 병적인 열등감을 감지하기도 한다.

그럴 때마다 사악한 인간의 본성을 적나라하게 보는 것 같아 씁쓸한 느낌을 지울 수 없다. 그런데 성경은 "사랑은 오래 참고 사랑은 온유하며... 무례히 행치 아니하며 자기의 유익을 구치 아니하며 성내지 아니하며..."라고 말하고 있다. 이것은 바로 별난 '그 남자'의 성품을 암시해 주는 표현이다. 타인의 잘못에 비판과 정죄를 일삼는 사악한 본성의 한계를 인정할 수밖에 없는 우리는 그의 위대한 사랑에 감동과 경의를 표하지 않을 수 없다.

그 남자는 절대로 스승을 배신하지 않을 거라고 면전에서 호언장담한 제자로부터 수차례 모욕을 당했지만, 그를 기꺼이 용서했을 뿐만 아니라 죽음의 막다른 길을 무방비로 걸어가는 사람들에게 영생을 누리는 나라를 가르쳐주는 소중한 사명까지 은전을 베풀어주었다. 그런 분이 나의 모난 성품이나 어떤 허물과 죄도 책망하거나 정죄하지 않고 날마다 사랑의 밀어를 속삭이며 어떤 도움이라도 청하면 기꺼이 도와주겠다고 기다리고 계시다니! 그의 사랑을 상상하는 것만으로도 기쁨과 감사가 가슴에 벅차다.

그의 황홀한 사랑을 여러 번 가슴 뜨겁게 느끼고 체험한 이후로는 이기적이고 상처 많은 인간들의 환상적인 사랑을 기대하지 않게 되었고 인간들로 인한 상처도 덜 받게 되었다. 그와 자주 대화를 속삭이며 그의 사랑의 성품을 점점 더 깊이 느끼고 깨달아가면서 사람들의 정죄나 분노도 전과는 다른 관점으로 바라보게 되었다. 치유되지 않은 상처 때문에 그들이 그렇게 부정적인 자세로 반응한다고 생각하는 여유가 생겼다.

모든 사람은 천하보다 소중한 영혼이라며 오래 참고 기다리면서 각 사람에 대한 높은 기대감을 갖고 계시는 그의 사랑에 깊이 젖을수록, 삶의 거친 파도에 지쳐 목적지도 잃은 채 방황하는 영혼들을 그의 사랑으로 위로하며 참된 목적지를 발견하도록 돕는 자가 되게 해달라는 무릎을 꿇게 된다. 변함없고도 황홀한 사랑을 누리기를 갈망하는 모든 사람들이 삶의 원동력이자 최고의 행복 자체인 그의 사랑을 하루빨리 공유하길 염원한다.

세상이 '그 남자'를 거부하는 이유

요즘 인터넷 댓글을 보면 목사를 '먹사', 기독교를 '개독교'라고 비하하고 모욕하는 사람들이 적지 않다. 특히 비리에 연루된 대형교회의 목사들에 대해서는 분노의 독설을 퍼붓는 사람들이 홍수를 이룬다.

목사들과 성도들은 네티즌들이 왜 불교나 천주교보다 개신교 목사들에 대해서 흥분하고 저주하는지 알고 있을까? 그 이유가 한두 가지로 단순하고 명백하지는 않겠지만 다음과 같은 몇 가지를 생각해본다.

무엇보다도 가장 큰 이유는 국회의원을 비롯한 고위 공직자들의 부패가 만연해 있지만 그래도 성직자들만은 다를 것이라는 기대가 있었기 때문일 것이다. 특히 유명한 대형 교회의 목사는 수많은 성도들의 지도자이기 때문에 세인들에게도 거는 기대가 남달랐을 것이다.

또 한 가지 이유는 불교는 석가가 아닌 어떤 대상을 신봉해도 상관없다는 교리를 가지고 있고, 천주교는 타 종교도 인정하며 제사를 지내도 되는 교리를 가지고 있는데 반하여, 개신교는 타 종교는 절대 구원이 없다고 강조하며 제사를 지내는 오래된 풍속을 거부하고 있기 때문에 비 기독교인들의 잠재된 반감이 분출했을 것이다.

한 가지 이유를 더 든다면 다른 종교는 포교 활동이 비교적 조용한데 비하여 개신교는 가가호호, 거리, 전철 안까지 극성맞다고 할 정도이기 때문에 말이 많고 시끄러운 기독교인들에 대한 평소의 비호감이 표출되었을 것이다. 그렇다면 세상 사람들이 싫어하는 기독교인들의 부정적 행태를 떠나 기독교를 거부하는 근본적인 이유는 무엇일까? 왜 '그 남자'의 사랑을 신뢰하지 않고 거부하는 것일까?

대다수의 기독교 목사들이나 신자들은 처음 만나는 불신자들에게 '그 남자가 당신을 사랑한다'는 말을 하고, 대체로 한두 마디 성경 구절을 일방적이고 선언적인 방식으로 전달하기 때문에 긴 세월 다른 가치관이 뿌리 깊이 내려 있는 불신자들은 그 말이 전혀 이해도 되지 않고 가슴에 와 닿지도 않아 비웃거나 거부하는 것은 당연한 이치일 것이다.

안타깝게도 그러한 전달 방식은 교회의 설교에서도 흔히 볼 수 있는 경향이다. 그래서 신앙생활을 수십 년 해온 신자들도 그 남자의 사랑을 지식이 아니라 실체로 느끼는 체험을 못해본 사람들이 허다하다. 이러한 사람들은 반복되는 설교를 통해 그 분의 사랑에 대한 추상적인 개념의 논리만 형성되어 있을 뿐 실제적인 대화와 감정의 교류를 통해 사랑의 기쁨과 위로 등을 일상적으로 누리지 못하고 있다. 따라서 체험을 통한 사랑의 확신이 부족하기 때문에 구체적인 삶의 변화가 뚜렷하게 이루어지지 않고 형식적인 종교생활을 하는 사람들이 많다.

무엇보다도 다수의 설교자와 기독교인들은 사랑이라는 것은 단지 말로 전하는 지식으로 쉽게 공감되지 않는다는 것을 깨달아야 할 것이다. 예를 들어, 사랑하는 젊은 연인들을 보라. 사랑하는 그들은 수없이 사랑의 밀어를 속삭이며 서로의 감정을 나누는 체험을 하는 가운데 서로의 사랑을 확신하게 된다. 그들이 결혼하게 되면 그 이전과는 생활 습관까지도 거의 완전히 변하게 된다.

따라서 기독교 신자들도 설교나 독서를 통해 그 남자에 대한 지식을 갖는 것은 물론 그 남자와 수많은 대화와 감정 및 영혼의 소통을 통해 그 남자가 사랑하는 것을 일상적으로 체험해야 한다. 뿐만 아니라 사랑으로 결혼한 인연들처럼 그 남자와의 만남이 삶의 전환점이 되어 인생의 목표를 비롯한 삶 전체가 변화되어야 한다.

주변의 불신자들이 볼 때, 구체적인 삶의 변화를 뚜렷이 확인할 수 있어야 한다. 싸움을 일삼던 부부가 화목한 부부로 변화되고 술, 담배를 즐기던 사람이 그것들을 멀리하고 일요일 날 함께 운동, 게임, 쇼핑, 낚시 등 취미 생활을 즐기던 사람이 교회를 가야한다고 거부하는 등의 변화를 일상 속에서 체감할 수 있어야 한다.

게다가 불신자들에게 변화된 가치관과 그 남자와의 구체적인 사랑의 체험담을 들려주며, 그 남자의 인격처럼, 멸시나 모욕까지도 기도로 감내하는 가운데 지속적인 물심양면의 애정을 쏟으며 신앙생활을 권유할 수 있어야 한다. 그러한 여러 가지 과정을 통해 불신자들은 그 남자의 사랑을 느끼며 그를 받아들일 수 있는 마음의 문이 열리기 시작할 것이다.

최근 수개월 동안 질병의 고난을 통해 날마다 그 남자에게 고통과 염려와 두려움을 간절히 호소하는 가운데 그의 은밀한 실제적인 음성을 들으며 위로의 감동을 받고 그의 사랑에 대한 신뢰와 확신이 달라지면서 마음의 평안과 기쁨을 회복하며 질병의 차도를 경험하게 되었다. 뿐만 아니라 세인들에게 그 남자를 전할 때 왜 그 남자를 거부하는지 근원적인 이유를 절감하며 그 동안 그 남자를 형식적이고 일방적인 방식으로 전하던 방법에 대해서 앞서 언급한 바와 같은 깊은 깨달음을 얻게 되었다.

그러므로 아직도 그 남자의 사랑을 지식으로만 아는 것으로 안주하고 있다면, 날마다 잠자리에 들기 전, 그가 자신을 사랑하고 함께 하고 있다는 것을 발견하려는 간절한 마음으로 하루의 일상을 묵상하는 습관을 가지면 좋을 것이다. 나는 그가 얼마나 세밀한 손길로 돌보시며 인도하시는지 사소한 일들 하나하나를 반추하는 그와의 대화를 통해 그 남자의 사랑의 마음을 감정 및 영혼으로 절절히 체험하는 것을 매일 밤 반복적으로 쌓아간다. 그 남자의 사랑을 깊이 느끼는 체험이 그의 말씀을 전하는 행위보다 선행되어야 한다고 확신하기 때문이다. 그의 사랑을 삶 속에서 늘 체험한다면, 내 영혼에 흐르고 있는 그의 사랑의 향기가 일상의 언행을 통해 자연스레 주변의 불신자들 가슴으로 스며들 것이리라.

세상 돋보기

Part 3

손편지

내가 아끼는 보물 중엔 누렇게 바랜 손 편지들이 있다. 소중한 추억들이 담겨 있는 것들이라 버리지 않고 사진첩에 넣어두고 가끔씩 꺼내서 읽어본다. 읽어볼 때마다 정성스럽게 쓴 글자 하나하나에서 생생한 추억이 아름다운 꽃처럼 피어나 그 향기에 취해 빙그레 미소 짓곤 한다.

과거 한 때 여고에서 교편생활을 한지라 스승의 날 무렵이면 나를 좋아하는 학생들이 예쁜 색깔의 편지지에 깨알 같이 앙증맞은 글씨로 적은 편지를 다른 학생들 몰래 건네주곤 했다. 왜냐하면 다른 학생들이 보면 질투심이 많은 사춘기 여학생들이라 아무개가 아무개 선생님을 좋아한다고 소문을 내기 때문이었다.

한번은 수줍음으로 얼굴이 붉게 물든 여학생이 쉬는 시간에 교무실을 찾아와 초콜릿 과자를 건네주고 총총걸음으로 돌아갔다. 나는 평소에 과자를 좋아하지 않는지라 별로 반갑지 않게 받아들고 무심코 겉껍질을 찢었다. 그런데 과자 껍질 속에 곱게 접은 손 편지가 들어 있었다. 내용은 선생님을 사모한다는 고백과 함께 모처에 있는 음악 감상실에서 몇 시에 만나자는 것이었다. 당황스럽게도 선생님이 올 때까지 무조건 기다린다는 말이 끝부분에 빨간 글씨로 적혀 있었다. 그때만 해도 교편생활을 시작한 지 얼마 되지 않은 순진한 시절이라 한참동안 고민을 하다가 그 학생을 만나러 나간 적이 있다.

내가 학창시절 때는 펜팔이 유행이었다. 이성교제가 자유롭지 못하던 그 때에는 미지의 이성 친구와 편지를 주고받는다는 게 여간 설레는 일이 아니었다. 고등학교 2학년 때 학생잡지에 광고된 펜팔을 주선해주는 회사를 통해 필리핀에 사는 여고생과 편지를 주고받게 되었다. 영어실력이 부족하여 펜팔 책자들에 나오는 영어 예문들과 한영사전을 참고하여 며칠 동안씩 진땀을 흘리며 쓴 편지를 보내곤 했다. 당시에는 우편물이 가는데 3주, 오는데 3주 걸렸기 때문에, 편지를 보내고 나서는 오는 날을 달력에 표시해놓고 손꼽아 기다리곤 했다. 외국 여자로부터 처음 손 편지와 사진을 받았을 때의 감격은 지금도 잊을 수 없다. 한번 받은 편지를 다음 편지 받을 때까지 읽고 또 읽으며 마치 장차 결혼할 애인이라도 되는 듯이 그리워했다. 친구들을 만나면 서로의 펜팔에 대한 자랑으로 이야기꽃을 피우며 받은 편지들을 보여주곤 했다.

손 편지에 대한 안타까운 추억도 잊히지 않는다. 대학교 4학년 때 교회에서 권하는 전국수련회 모임에 참여를 했다. 거기서 우체국에

근무하는 한 여성을 알게 되었는데, 집에 돌아가면 자기가 먼저 편지를 한다고 했다. 한동안 들뜬 마음으로 기다렸지만 편지는 오지 않았다. 나에 대한 호감을 표시했었는데 왜 편지를 하지 않았을까 이해가 되지 않았지만 아쉬운 마음을 접고 말았다. 그런데 일 년쯤 지난 어느 날 하숙집 대청소를 하다가 하숙집 딸의 책장에서 내 이름의 편지를 발견하게 되었다. 읽어보니 지난 해 수련회 때 만난 여자의 손 편지였다. 하숙집 딸에게 편지에 대한 자초지종을 물어보니, 봉투를 보고 어떤 여자로부터 남학생에게 온 편지라 호기심이 발동하여 슬며시 뜯어보고 미안해서 나에게 전해주지를 못하고 자기 책장에 꽂아두었다고 했다. 화나고 서운한 마음을 무척이나 견디기 힘들어했다.

더 어린 시절의 손 편지에 대한 가슴 아픈 추억도 생각난다. 아마 사춘기가 시작하던 중학교 시절이었던 것 같다. 그 당시에 나는 버스 통학을 했는데, 어느 날 버스 안에서 우연히 만난 호감이 가는 여학생에게 말을 걸어 이야기를 나누고 간단한 사연과 주소가 적힌 쪽지 편지를 받아 교복 주머니에 넣었다. 마음은 하늘을 나는 풍선 같은 기분이었다. 그런데 며칠 뒤 너무나 실망스러운 일이 일어났다. 어머니가 나에게 말도 없이 교복을 빨았는데 주머니에 넣어둔 편지가 짓이겨져서 글씨를 알아볼 수가 없었다. 어머니에게 편지에 대한 말도 못하고 며칠 동안 얼마나 애석해했는지 모른다.

나의 학창시절엔 상대방에게 직접 건네거나 우편물로 보내는 방법밖에는 손 편지를 전달하는 방법이 없었다. 연애편지를 우송하는 경우, 상대방 부모님이 뜯어보고 전해주지 않을 뿐만 아니라 그 일로 상대방이 야단맞는 일이 많았다. 하지만 초조함과 그리움으로 답장을 기다리다가 받았을 때의 극적인 희열은 말로 형언할 수가 없었다.

내가 몹시 좋아했던 여학생에게 손 편지를 써서 주고받던 감격을 찬찬히 회고해본다. 먼저 부족한 용돈을 절약하여 예쁜 편지지와 봉투를 부모님 몰래 사두었다가 밤늦게 혼자만의 공간에서 상대방 얼굴을 떠올리고 가슴을 두근대며 한 글자 한 글자에 뜨거운 연정을 듬뿍 담아 써내려갔다. 편지지 옆에는 사랑에 관한 시집에서 골라 뽑은 멋진 글귀들을 적어둔 공책을 펼쳐 놓았다. 한밤중이 되는 줄도 모르고 쓰면서 읽어 보고 맘에 안 들면 편지지를 찢어 가며 몇 번이고 다시 쓰곤 했다. 그리고는 며칠 뒤 힘들게 여학생을 만나 떨리는 손길로 서로의 편지를 주고받곤 했었다. 어렵사리 받아든 편지는 일급 보물이라도 되듯이 잘 보관했다가 은밀한 시간에 떨리는 손으로 조심스레 봉투를 열어 읽고 또 읽으며 그리움과 환희로 심장을 불태우며 잠 못 이루곤 했다.

학창시절의 손 편지들을 다시 읽노라니 당시의 때 묻지 않은 순정이 힘겨운 인생길을 걸으며 냉랭해진 가슴에 따스한 햇살처럼 느껴진다. 편지 속의 주인공 여학생은 지금은 어디에 살며 어떤 모습으로 변해 있을까? 읽을 때마다 진한 그리움과 낭만적인 환상을 불러일으키는 손 편지! 그 아름답고 소중한 매력을 신속하고 자유롭지만 정감 없는 초고속 기계처럼 문자 메시지나 카톡 메시지를 눌러대며 한 시간도 답을 기다리지 못하고 문자를 씹었다고 상대방에게 짜증을 분출하는 요즘의 학생들이나 젊은이들은 전혀 이해하지 못할 것이다.

앞서 언급한 것들 이외에도 중고등학교 시절 국군장병들을 위로하기 위해 수업시간에 모든 학생들이 썼던 위문편지, 크리스마스 때 직접 만들어 친구들에게 썼던 손 카드, 직장 다닐 때 객지에서 부모님께 썼던 안부 편지, 성인이 되어 연말연시에 친지들에게 썼던 연하장 등 손 편지에 대한 여러 가지 추억이 아련히 떠오른다.

손 편지의 마력을 잊지 못해, 요즘도 아내나 아들, 며느리의 생일 때면 온갖 미사여구를 궁리하며 한 편의 시나 수필 같은 손 편지를 쓴다. 그럴 때마다 학창시절 손 편지를 쓸 때처럼 심장이 뜨거워지며 고결한 정감이 샘물처럼 솟아난다. 보기 드문 편지를 받아든 가족들은 예기치 못한 감동 어린 찬사를 아끼지 않는다.

이름

모든 사람은 자신의 이름을 가지고 있다. 그것은 그가 좋아하든 싫어하든 늘 그를 따라 다니고 그를 표상한다. 어떤 의미에서는 그것이 '그 사람 자신'이라고까지 말할 수도 있다. 우리는 아름에 의해서 그 사람을 기억하고 느끼기 때문이다. 예를 들어, '링컨'이라는 이름은 미국의 16대 대통령과 노예 해방을 상기시킨다. 바꾸어 말하면, 이름은 그 사람의 인격과 살아온 역사의 상징이다.

일부 나라에서는, 이름이 특별한 의미를 갖는 것 같다. 한국의 이름은 대개 한자로 구성되어 있어서 각각의 글자는 그 고유의 의미를 갖는다. 전형적인 한국 이름인 '완수'(完洙)라는 이름의 경우에, '완'은 '완전한'을 의미하고 '수'는 '물' 또는 '강'을 의미한다. 그래서 완수는 '완전한 물' 또는 '완전한 강', 쉽게 말하자면, '순수한 물' 또는 범람하지 않는 '안전한 강'을 뜻한다.

여러 해 전 캐나다에 어학연수를 가서 일본에서 온 학생들과 대화를 나누다가 똑같은 현상을 일본 이름에서도 발견할 수 있었다. 예를 들어, '유끼꼬' 라는 이름에 있어서 '유'(有)는 '존재'를 의미하고 '끼'(紀)는 '기록'을, '꼬'(子)는 '아들'을 의미한다. 그러므로 유끼꼬는 '존재하는 기록하는 아들', 다시 말해서, '기자' 같은 직업인을 뜻한다.

더 흥미로운 것은 한국인 이름이 일본어로 번역이 되면, 그 의미가 아주 달라진다는 것이다. 한국어로 '완수'라는 이름은 '순수한 물' 이나 '안전한 강' 을 뜻하지만 일본어로는 펜글씨 교본에 쓰이는 '빨간 잉크'를 뜻한다고 한다. 즉, 일본어 번역의 의미는 완수의 직업이 '글쓰기'와 관련되어 있다는 것을 암시한다. 너무나 놀랍게도 그의 실제 직업은 작가이다.

또한 일본인 이름의 발음이 한국어와 꼭 같고 그 의미가 아주 달라서 재미있는 경우도 있었다. 일본인 이름 '가오리'(香織)의 발음은 한국어로 물고기의 이름과 똑같다. 또 다른 일본인 이름 '정자'(渟子)의 발음은 한국어로 남성의 생식 세포인 정자(精子)이기도 하다. 이런 설명을 들은 일본인 여학생들은 얼굴을 붉히며 폭소를 터뜨렸다.

우리는 미국인 이름에서도 독특한 의미를 발견할 수 있었다. 미국에서 흔한 성(性)으로 쓰이는 'Smith'는 대장간을 운영한 조상들로부터 유래하고 있다고 한다. 이러한 현상은 문학 작품들의 등장인물에서도 발견된다. 17세기 미국의 어둡고 준엄한 청교도 사회를 배경으로, 죄를 지은 자의 심리를 묘사한 미국 작가 '나다니엘 호손'의 유명한 장편소설인 'The Scarlet Letter(주홍글자)'라는 작품에서 'Dimmsdale'은 간음죄를 짓고 근심하는 목사인데, 그 이름은 그의 성품을 상징하는 'dark valley'(어두운 계곡)을 의미한다.

소설 문학의 최고 걸작 '율리시즈'로 20세기 문학의 흐름을 바꾸어 놓은 아일랜드 작가 '제임스 조이스'의 20세기 최고의 자전적 성장 소설, 'A Portrait of the Artist as a Young Man(젊은 예술가의 초상)'에서 소설의 주인공 이름 'Stephen Daedulas'는 특별한 의미를 가지고 있다. 'Stephen'은 성경에 나오는 인물로 아가페적인 사랑을 실천한 교회 집사이고 'Daedulas'는 그리스 신화의 창조적인 예술가이다. 어느 날 그는 학교에서 몇몇 친구들이 자신의 이름을 부르는 것을 듣고서 자기 이름의 의미를 발견하고 위대한 예술가가 되기로 결심한다.

우리나라의 문학작품, 영화, 연속극 등에서도 등장인물에 걸맞은 이름을 많이 발견할 수 있다. 똑똑한 아이를 '똑순', 바보 같은 사람을 '맹구'나 '영구', 생활력이 강한 여자를 '억순' 등 흥미로운 이름이 많다.

나이가 많으신 예전 세대 어른들은 딸을 그만 낳으라고 '말순', '말자' 등의 이름을 지었고 자손이 귀한 가문에서 태어난 아들을 '귀동'이라고 불렀다.

물론 근래에 우리나라에서는 한자어가 아닌 의미 있는 고유한 한국말이나 자연스런 발음에 중점을 두고 부르기 편리한 이름을 짓는 것이 유행을 하기도 한다. 예를 들면 김하늘, 이빛나, 박새봄 등의 이름은 고유한 우리말 이름이면서도 좋은 의미를 담고 있고 한송이, 백두산 등의 이름은 발음상 편리한 장점을 가지고 있다.

또한 최근에는 글로벌 시대에 어울리는 외래어나 자신이 신봉하는 종교적 이름을 선호하여 이름을 짓는 것도 유행을 한다. James, Lincoln, Sena, Hanna, David 등의 이름이 그렇다. 특히 연예인들의 이름이 그런 경우가 많다. 세계적 가수가 된 싸이(PSY)나 요즘 아이돌 가수들인 Shiny, Kara 등이다.

다수는 아니지만 최근에 생긴 새로운 현상으로는, 이름에서도 남녀평등을 주장하는 일부 사람들은 자녀의 이름을 지을 때 오랜 세월 남편의 성(性)을 따르던 관행을 깨고 남편과 아내의 성 모두를 붙여 이름을 짓는 것이 유행하기도 한다. 김이영철, 정박을수 등을 예로 들 수 있다.

본명이 아닌 별명을 지을 때도 그 사람의 특징을 생각하여 독특한 이름을 희화(戱畫)하여 붙인다. 돈에 인색한 사람을 남자는 짠돌이, 여자는 짠순이, 머리가 나쁜 사람은 석두라고 한다. 요즘 젊은 세대들은 별명을 단어를 최대한 짧게 줄여서 짓기 때문에 재미도 있지만 구세대 사람들은 그 의미를 이해하기도 어렵다. 지나치게 모범적인 학생을 범생이, 얼굴이 잘생기거나 예쁜 사람을 얼짱, 몸매가 탁월한 사람을 몸짱, 못생긴 사람은 옥상에서 떨어진 메주 같다하여 옥돌메라고 부른다.

이름의 의미를 중요시하는 것은 사람만이 아니라 자동차 등 온갖 상품에서도 수없이 발견할 수 있다. 자동차 이름으로는 회장을 뜻하는 '체어맨'(chairman), 위대함이나 웅장함을 뜻하는 '그랜저'(grandeur) 등이 있고, 상호로는 또다시 만나자는 뜻의 'CU'(see you), 조화를 뜻하는 '하모니마트'(harmony mart), 음식이 잘 팔린다는 '대박 음식점', 청와대와 발음이 비슷한 '청화대' 음식점, 나의 친구라는 뜻의 모나미(monami) 볼펜 등이 있다. 어떤 성향의 이름을 짓든, 대부분의 사람들은 자신의 이름, 자녀, 상품, 상호 등의 이름에 많은 애정을 가지고 있다. 이름은 어디에서나 누구를 만나든지 항상 그 사람이나 상품 등이 연상되기 때문이다. 그래서 일부 사람들은 이름의 발음이나 뜻이 마음에 들지 않아서 자신의 이름을 바꾸기도 한다.

물론 의미든 발음이든, 매력적이거나 멋진 이름을 갖는 것은 당연히 중요하다. 하지만 더 중요한 것은 사람이라면 이름의 의미를 빛내기 위해서 성숙하고 의미 있는 삶을 살아야만 할 것이고, 상품이나 상호라면 단지 마케팅 전략이니 뭐니 하면서 허울 좋은 이름만으로 사람들을 유혹하거나 기만하지 말고, 이름이 지니고 있는 진실성을 보장할 수 있도록 노력해야 할 것이다.

독거노인의 한숨

"안녕하세요?"

"네, 반갑습니다. 이 동네 사세요?"

"아니오. 독거노인 아는 분이 이 동네 살아서 그 댁에 심방 가는 중이에요."

"어딘데요?"

"요 앞에 연립주택인데 같이 가실래요?"

"그래도 될까요?"

"그러면 좋지요. 그 분은 사람 만나는 게 그리운 분이에요."

부부가 함께 집 앞에 산책을 나왔다가 교회에서 알게 된 여 성도를 우연히 만나 이웃에 있는 연립 주택을 방문하게 되었다.

허름한 속옷만 입고 계시던 할아버지 한 분이 반갑게 우리를 맞이해 주었다.

"형부, 잘 지내셨어요? 밑반찬 좀 해왔어요."

"그런 건 무엇 하러 해 와. 그냥 오지."

여 성도는 그 분을 형부라고 부르며 무척 허물없이 대했다. 하지만 알고 보니 홀로 사시는 할아버지 한 분을 우연히 알게 되었는데 그냥 편하게 형부라고 부르는 것이었다. 여 성도는 일주일에 한 번씩 밑반찬이나 먹을 것을 싸들고 할아버지를 방문하며 외로움을 달래 드리고 있었다.

70대 중반쯤 되어 보이는 할아버지는 사실은 부인이 계신데 치매에 걸려 몇 년째 요양원에 입원 중이라고 하셨다. 결혼하여 분가한 아들이 하나 있는데 전화를 해도 아들 내외가 모두 전화를 받지 않는다고 하셨다. 할아버지는 고혈압 약을 매일 드시고 일주일에 세 번씩 병원에 가서 혈액투석을 하시며 몸소 식사를 해 드신다고 하셨다. 수시로 깊은 한숨을 내쉬며 말씀하시는 할아버지 얼굴엔 시름이 가득하였다.

할아버지의 가슴 아픈 사연을 들으며 가슴이 먹먹해졌다. 우리 집에서 불과 5분 거리에 이렇게 외롭게 살아가는 분이 살 거라고는 상상도 못했기 때문이었다. 현대 사회가 비정한 사회라는 말은 많이 들었지만 바로 내가 그런 사회 구성원 중의 하나일 줄이야! 오랜 세월 말이나 글로만 소외된 이웃을 사랑해야 한다고 외치던 자신이 참으로 부끄러웠다.

그 순간, 옆에서 환한 미소로 '형부, 형부'하며 친족처럼 다정하게 말씀하시는 여 성도의 얼굴은 천사처럼 빛났다. 누구에게 인정받으려 함도 없이 순수한 인정으로 선행을 실천하시는 여 성도는 길가에서 강도에게 부상당한 자를 모른 체하고 지나가는 다른 사람들과는 달리, 여관으로 데려가 정성껏 치료해준 성경 속의 인물, '선한 사마리아인'처럼 보이기도 했다. "형부, 텔레비전으로 골치 아픈 뉴스만 보지 마시고, 기독교 방송에서 나오는 설교와 찬양을 자주 들으세요. 그래야 힘이 나지요. 형부, 이번 주일날은 제가 모시러 올 테니 같이 교회 가서 예배드리고 요양원에 있는 언니 만나러 가요." 그렇게 말씀하실 때는 흔치 않은 진짜 신자를 만난 것 같았다. 할아버지는 신앙생활을 하지 않는 분 같았으나 여 성도의 친절에 감동되어 '알았어.'라고 하시며 미소를 지으셨다.

그 날 이후로 할아버지를 다시 찾아 뵌 적은 없지만, 가끔씩 우수어린 얼굴로 깊은 한숨을 쉬는 모습이 떠오르며 안부가 궁금해진다. 혼자서 식사는 잘 해 드실까, 혈액투석은 잘 하고 계실까, 요양원에 계시는 할머니는 어떻게 지내실까?

그 할아버지의 모습이 생각날 때면, 나도 언젠가 그런 상황을 맞게 되지 않을까 하는 걱정의 바람이 가슴을 파고든다. 노후엔 누구나 아내나 남편이 먼저 떠나면 별 수 없이 독거노인의 신세가 되는 것이다. 더구나 건강이 좋지 않은 가운데 혼자 살아야 한다는 것은 상상하기도 싫지만 현실이 될 가능성이 얼마든지 있는 것이다.

정부 통계에 따르면, 2000년에는 전체 노인 340만 명 중에 독거노인이 54만 명이었는데 2013년에는 125만 명에 달했다. 13년 사이에 2.3배로 증가된 수치이다. 노인들 자살 문제도 심각하다. 65세 이상 노인 인구 10만 명 당 자살 건수는 연간 미국 14.1명, 일본 17.9명에 비해 한국은 81.8명으로 아주 높다. 2012년 말 기준으로 독거노인 중 약간의 사회적 교류는 하지만 일상생활이 어려운 사람이 20만 5천 명, 사회적 교류가 전혀 없고 일상생활도 거의 불가능한 사람이 9만 5천 명에 이르고 있다. 두 계층의 노인들은 '고독사 위험군'으로 간주할 수 있는데 30만 명이나 된다. 노인 빈곤률은 48.5%이고 노인들의 삶의 만족도는 2.89%에 불과하다.

노인 학대도 심각하다. 학대 가해자로는 자녀와 자녀 배우자에 의한 학대가 71.9%를 차지하며, 신체적 학대는 주로 배우자에 의해 행해지고, 다른 행태의 학대는 자녀 및 자녀의 배우자에 의해 이루어진다고 알려져 있다.

우리 주변에는 퇴직금마저 자녀에게 다 주고 가난과 질병으로 고통당하는 노인들이 있는가 하면 자식에게 버림을 받거나 요양원에 방치되어 쓸쓸한 노후를 보내는 노인들이 있다. 노령화 사회를 맞이하여 이러한 노인 문제는 개인 문제가 아니라 심각한 사회적 문제로 현실화 되었다.

최근에 정부의 노인복지 대책의 일환으로 요양원이나 요양병원이 우후죽순처럼 생겨났는데, 이들의 실태를 보면 너무나 열악한 환경에 노인들을 방치하는 요양원들도 상당수 있다고 한다. 일전에 TV 뉴스를 통해 그러한 현장을 보고는 큰 충격을 받았다. 열악한 환경 탓인지 노인들은 대체로 요양원에 들어가는 것을 꺼리며, 요양원은 늙고 병든 노인들만 모아놓은 곳으로 함께 있는 노인들이 죽어가는 모습을 지켜보며 자신의 죽음을 기다리는 곳이라고 하기도 하고, 모시기 힘들거나 싫은 자녀들이 거기서 조용히 죽으라고 보내는 '현대판 고려장'이라고 표현하기도 한다는 것이다.

이러한 자료를 조사하다보니, 마음이 무겁기 짝이 없다. 독거노인들의 현실은 암담하기만 한데 내가 당장 할 수 있는 일이 아무 것도 손에 잡히지 않는다는 것이 더욱 안타깝다. 무엇보다도 먼저, 부부가 건강관리 잘 하며 함께 해로하는 것이 최상의 개인적인 대처법인 것 같다. 노년의 배우자는 최고의 보물이라는 생각이 든다. 아내나 남편의 밥을 얻어먹으며 애정 어린 도우미 서비스를 받는 노인은 최고의 복을 누리는 사람이라는 것을 새롭게 깨달으며 아내에게 좀 더 잘 해야겠다는 다짐을 해본다. 힘들고 고독한 노후를 보내는 노인들에게 따뜻한 위로와 용기를 주는 책도 곧 써야겠다는 사명감 또한 뜨거워진다.

갈라진 논바닥

요즘 가뭄이 심하여 전국 각지의 논바닥이 쩍쩍 갈라져 있다. 목이 말라 하늘을 향해 입을 벌려 물을 달라고 애타게 절규하는 듯하다. 이런 모습을 바라보는 농민들의 가슴도 나날이 타들어 갈 것이다. 어린 시절을 농촌에서 보냈기 때문에 그들의 절박한 심정을 누구보다 잘 안다. 얼마 흐르지 않는 개울물을 서로 대겠다고 물꼬에서는 농부들이 밤을 꼬박 새우며 싸움까지 벌어지곤 했다.

그런데 갈라진 논바닥이 민심을 보는 듯하여 가슴이 더 아프다. 메르스라는 중동 호흡기 전염병이 유행하더니 엘리베이터 안에서 기침도 편하게 못하고 서로의 눈치를 보아야만 하는 세상이 되고 말았다. 지하철, 백화점 등과 같이 사람들이 많이 모이는 곳은 가는 것조차 꺼리며 불가피하게 가더라도 마스크를 쓰고 서로를 경계하는 눈초리를 보낸다.

더 심각한 것은 메르스 때문에 아파도 병원 가는 것이 꺼려져 집에서 끙끙 앓는 사람들이 많아졌다는 것이다. 병원을 간다고 해도 출입구에서 마스크를 쓴 직원이 열감지기로 열을 확인하며 병원의 출입을 통제하기 때문에 열이 있는 사람들은 아무 병원에서나 치료를 받을 수도 없다.

심지어는 의사나 간호사의 자녀들은 학교에서 친구들로부터 왕따를 당하기도 한다고 한다. 친구들이 감염을 우려하기 때문이다. 의사들이나 간호사들은 감염을 무릅쓰고 치료하다가 전염이 되기도 하는데, 주변 사람들은 그들 가족들을 보균자처럼 벌레 씹은 표정으로 쳐다본다고 하니 기가 막힌다. 빈발하는 어린이 성폭행 사건 때문에 아이들이 동네 어른들에게조차 인사를 기피하는 세상이 이미 되었지만, 남녀노소가 불신을 넘어서 공포의 대상이 되는 어처구니없는 상황이 되고 말았다. 그런데 매스컴에서는 연일 늘어나는 메르스 환자와 격리 대상자들을 떠들어대며 사회적 공포 분위기를 가중시키고 있다.

이러한 심리적 공포 분위기로 인해 대다수의 사람들이 불안과 공포에 떨고 있는데, 메르스를 대처하는 정부나 정치인들은 갈팡질팡하고 책임을 회피하며 싸움질을 하고 있어 갈라진 논바닥 같은 민심에 분노의 불을 붙이고 있다. 작년 세월호 사건 때 정부나 정치인들의 악몽 같은 대처 행태를 그대로 보는 것 같아 실망감이 더 크다.

메르스와 가뭄은 얼마 가지 않아 사라지겠지만 정부와 정치인들의 안전 불감증과 늑장대처의 만성질환은 언제 사라질 것인가? 오랜 세월 동안 지속된 정부 각 부처의 고질적인 만성질환 때문에, 작년에는 세월호 사건으로 수많은 어린 학생들이 희생양이 되었고, 금년에는 메르스로 병약한 노인들이 주로 희생 제물이 되었다.

국민의 생명과 안전을 지키는 일을 급선무로 해야 할 나라가 제 구실을 못해 어린 학생들이 꽃망울도 피워보기 전에 차가운 바닷물 속에 수장되어야만 했고, 평생을 가족과 나라를 위해 일하신 어른들을 제대로 모시지 못해 편안한 노후를 지켜드리지 못한 나라가 원망스럽기만 하다.

국민 다수가 지구촌을 자유롭게 여행하는 시대이기 때문에, 앞으로도 메르스 같은 역병은 지속될 가능성이 높은데, 국가나 정치인들만 원망하며 강 건너 불구경하듯 수수방관만 하는 것도 국민의 도리는 아닌 것 같다. 메르스 전염병의 경우만 봐도, 감염 의심환자들이나 격리자들의 성숙한 시민의식이 부족해 메르스를 조기에 퇴치할 수가 없었다. 의심환자들이 스스로 병원에 즉시 신고하고 격리자들이 정부나 병원의 조치에 철저히 따랐더라면 감염의 확산을 저지하는데 큰 역할을 했을 것이다. 이러한 문제의 해결은 정부의 신속하고 철저한 대처뿐만 아니라 국민들의 적극적이고 책임감 있는 시민의식이 무엇보다도 중요함을 통감한다.

누가 갈라진 논바닥 같은 민심에 단비를 내려줄까? 신통력 있는 마법과 같이 사랑의 단비가 내려 민심에 강 같은 평화와 행복이 가득해지기를 바랄 수도 없고, 서로 헐뜯고 불평하는 부정적인 자세가 만연한다면 국가의 미래는 더욱 어두워질 것이다.

뾰족하고 신비한 묘책은 아니지만 정부나 국민 모두가 아버지의 마음을 품게 되기를 바란다. 정부나 정치인들이 자식을 사랑하는 아비의 마음으로 백성을 보살피며 격려하고, 백성들이 아비의 마음으로 정부나 정치인들을 적극적으로 돕고 협력하는 마음의 자세를 갖는다면, 또다시 가뭄이나 메르스 같은 전염병이 찾아온다 해도 충분히 효과적으로 극복해나갈 수 있다는 확신이 든다.

이번 가뭄과 메르스 사태를 경험하며 국민의 한 사람으로 많은 반성을 하게 된다. TV만 연일 멍하니 바라보며 정부나 정치인의 미흡한 대처에 분노하고 불평만 하는 소극적이고 부정적인 태도를 벗어나지 못한 게 부끄럽기 짝이 없다.

그렇다면 이와 같은 국가적인 난국을 만날 때마다 무기력한 개인으로서 무슨 일을 할 수 있을까? 콩가루 같은 집안처럼 파벌 싸움만 일삼는 정치인들과 어려움으로 고통 받는 시민들에게 더 이상 방관적인 눈길을 보내지 말고 아비의 마음으로 그들을 위해 날마다 무릎 꿇고 기도의 손을 모아야 할 것이다. 기도하는 아비의 마음이 메르스 같은 전염병처럼 온 국민에게 퍼진다면 각자의 가슴에서 솟아나는 사랑의 생수로 민심의 갈라진 논바닥이 해갈되고 IMF 경제 위기 때 전 국민이 동참했던 금모으기 정신력이 재무장되어 이 나라는 오뚝이처럼 일어날 것이라고 확신한다.

눈물짓는 사랑의 불꽃

그 누가 사랑을 달콤한 솜사탕, 무지개 빛 환상의 나라와 같다고 말했던가? 사랑의 매혹적인 불꽃 속엔 살과 피를 태우는 눈물이 숨어 있는 것을!

우리 교회 한 여신도의 사는 모습을 지켜보며, 가슴 깊은 곳이 뭉클해지며 눈물처럼 솟구치던 한마디 탄성이다. 그녀는 작년에 남편과 사별하고 네 명의 자녀와 함께 조그만 음식점을 운영하며 힘겹게 살아가는 사십 대 초반의 가장이다. 이웃에 살고 같은 구역원이기 때문에 우리 처와는 흉허물 없이 지내는 친구 사이이다.

지난 해 여름, 그녀 남편의 장례식이 끝난 며칠 후 위로 차 심방을 간 우리 부부에게 그녀는 북받치는 슬픔을 참지 못하고 털어놓았다. 마치 가슴 속에 응어리 진 피고름을 펑펑 쏟아놓는 것 같아 듣는 이의 가슴을 온통 아리게 했다.

"나도 백마 탄 기사의 꿈을 간직한 채 청순한 한 송이 꽃처럼 피어나던 시절이 있었죠. 하지만 삼십대 초반이 되도록 꿈속의 기사는 나타나질 않았어요. 그러던 어느 날, 친구의 소개로 남편을 만나게 되었어요. 너무나 놀라운 건 아이들을 넷이나 둔 채 전처는 가출을 했다는 것이었어요. 한 가지 호감이 가는 건 남편의 직업이 훌륭하고 외모가 매우 착하고 후덕하게 보인 거였죠. 그 후, 여러 날 동안 고민하게 되었어요. 이상한 건 남편의 처지가 딱하다고 아파하는 감정과 그 이상의 묘한 따사로운 감정이 샘물처럼 솟아나 몇 날 밤을 가슴에서 떠나질 않는 거예요.

결국 그 집의 밥주걱을 잡기로 결심을 했죠. 누구의 허락도 없이 저지른 일이지만 결단을 내리고 나니 가슴이 한결 홀가분했어요. 얼마 후 결혼식도 올리지 않고 동거하는 걸 알게 된 부모님은 날 보고 미쳤다고 하시며 노발대발하셨죠.

남편은 고맙다는 말을 눈물로 대신했고 집안에 감돌던 싸늘한 바람은 어느 새 훈풍으로 바뀌어 온 식구의 얼굴에 화색이 돌기 시작했어요. 아이들의 눈동자의 구석은 다소 어색하게 반짝였지만 떠나버린 어머니에 대한 미움의 앙금이 남은 탓인지 말없는 미소로 대해주었어요. 바쁜 생활 속에서도 남편은 애들이 지우는 짐을 덜기라도 하려는 듯 종종 짬을 내어 둘만이 호젓이 보낼 수 있는 여행을 떠났어요. 때로는 아이들이 말썽을 부리거나 가슴속 깊은 곳을 찔러 애간장을 태울 때도 있지만 언제나 포근히 기대어 아픈 상처를 달랠 수 있는 넉넉한 가슴이 있기에 정성을 다해 아이들을 돌보았고 그런대로 가정의 행복감을 누렸죠.

수개월 생활을 하면서 남편이 약을 자주 복용한다는 또 한 가지 놀라운 사실을 발견하게 되었어요. 하지만 남편의 외모가 건장해 보여 그것을 대수롭지 않게 여겼어요. 그러던 어느 날, 그이가 창백한 얼굴로 퇴근을 하여, 깜짝 놀라 이유를 묻자 오랫동안 앓아오던 지병이 악화되었다는 거였어요. 정말 청천하늘에 날벼락을 맞은 심정이었어요. 그때부터 그이의 병은 날로 악화되었고 급기야는 휴직을 하고 입원을 하게 되었죠. 이제는 처녀 때처럼 호젓이 고민할 상황이 아니었어요. 애들 돌보랴, 병 간호하랴, 온 몸이 파김치가 되도록 병원에서 집으로 매일같이 뛰어다녔어요. 그래도 그이의 병은 회복될 기미가 없고 점점 악화되었죠. 입원 기간이 길어지다 보니 의료보험 혜택마저 끊어지게 되었어요. 어쩔 수 없이 돈 때문에 퇴원을 하게 되었어요. 정말 앞이 캄캄하고 죽고 싶은 심정이었어요. 때로는 모든 걸 다 팽개치고 도망가고 싶기도 했구요. 하지만 그이의 처절한 모습을 보면 죄책감이 들고 그렇게 부끄러울 수가 없었어요. 하나님께 기도하며 마음을 돌이키고 간호에 더욱 열심을 내었죠.

남편은 휴직 기간이 길어져 퇴직을 당하게 되었고 얼마 후 퇴직금도 바닥이 나게 되었어요. 먹고 살길마저 막막하게 된 것이죠. 생각 끝에 조그만 분식점을 세내어 낮에는 돈을 벌고 밤에는 간호를 하게 되었어요. 아이들도 학교를 갔다 와서 교대로 간호를 도왔지만 밤이 좀 늦어지면 모두 골아 떨어지기가 일쑤였죠. 하지만 그이는 낮잠을 자둬서 그런지 고통이 심해서 그런지 잠을 안 자고 나를 불러댔어요.

하루 저녁에도 몇 반씩 화장실에 부축하려면 팔다리가 떨리고 기진맥진하여 나도 쓰러질 지경이 되었어요. 그이 곁에서 꾸벅꾸벅 졸다 보면 날이 밝는 경우가 허다했죠.

극진한 간호에도 불구하고 그이는 나에 말 한마디 남기지 않고 며칠 전 새벽에 갑자기 가버렸어요. 정말 너무 허무하고 괘씸한 생각까지 들어요. 어쩜 그렇게 무책임하게 가버릴 수가 있어요. 아이들을 잘 부탁한다든지 시집을 가라든지 무슨 말을 하고 떠나야 되지 않아요? 내가 하나님만 안 믿었다면 벌써 떠났을지도 모르죠. 남의 자식 키우랴 병 간호하랴 너무나 견디기 힘들었지만 그래도 하나님만 의지하고 기도했는데……. 하나님도 무심하시지, 난 이제 어찌 살아야 된단 말인지요."

그녀는 흐느끼며 할 말을 더 이상 잇지 못했다. 듣고 있던 우리 내외도 뾰족이 해줄 말을 찾지 못하고 눈시울만 적시고 있었다.

그 집 사정을 대략 알 만한 사람들은 그녀를 보고 혀를 차기도 하고 바보 같은 여자라고 흉을 보기도 했다. 요즘 세상에 멀쩡한 남편을 두고 바람이 나 이혼 도장을 찍고 남편과 자식을 쉽사리 털어버리는 여인들도 많다 하거늘, 처녀의 몸으로 남이 버리고 떠난 절망의 굴속에 들어와 꺼져 가는 생명을 위해 제 몸을 불사른 그녀는 정말 바보일까, 아니면 참사랑의 화신일까? 나 같은 범부로선 도무지 이해가 안 되었다. 아리고 답답한 심정은 잠시 후 가슴 깊은 곳에서 진액이 되어 한 편의 시처럼 흐르기 시작했다.

조건을 저울질하며
주고받는 법으로
셈하는 머리론
도대체 알 수 없는 사랑

남들은 모두 다
가벼운 짐을 찾아
편안한 길을 찾아
두 눈에 불을 켜는데

남이 팽개친
무거운 짐을
스스로 짊어지고
캄캄한 굴속을
비틀대는 그녀는
눈 먼 바보일까

돕는 이, 보는 이
아무도 없이
누가 뭐라 하든
귀를 막고서
생사의 험한 길을

비틀대는 그녀는

지고한 천사일까

오늘도 그녀는 종종 걸음으로 이리 뛰고 저리 뛰면서 자식들 곁을 떠나지 않고 살과 피와 뼈를 태우며 눈물짓는 사랑의 불로 타오른다.

수개월 전 중동 호흡기 전염병인 메르스 바이러스의 국내 유입으로 인해 갑자기 치솟은 공포 지수가 전 국민의 가슴을 떨게 했었다. 그런데 자세히 알고 보면, 메르스가 전국 구석구석에 확산된 것도 아니고 그로 인한 사망자가 과거의 다른 전염병에 비해 엄청난 것도 아니었다. 그럼에도 전 국민이 떨었던 것은 메르스 자체의 확산 속도나 사망자 수보다도 정체모를 전염병에 대한 심리적 공포가 주된 원인이라 할 수 있을 것이다.

심리적 공포 바이러스는 짧은 기간 내에 전 국민 뿐만 아니라 외국 관광객들의 가슴까지 공포감으로 꽁꽁 얼어붙게 하여 여행 취소, 크고 작은 각종 행사 취소, 초등학교 휴교 등의 경제적, 사회적인 충격, 더 나아가 다수의 국민이 실제로 생존의 위협까지 느끼며 외출을 자제하고 주변 사람들을 경계심의 눈초리로 바라보게 만들었었다.

불행 중 다행스럽게도 확진 환자수와 격리자 수가 줄어들며 공포의 절정이 한 달 정도를 넘지 않고 수그러들었다. 그렇지 않고 수개월만 더 길어졌더라면 메르스 공포 바이러스가 전 국민에게 '세월호' 못지않은 트라우마를 남겼을 것이다.

심리적 전염의 효과에 대해 20세기 영국의 저명한 수필가 가디너(A.G. Gardiner)는 'Please를 말하는 것에 관하여'라는 흥미로운 수필을 썼는데 다음과 같은 이야기를 상상하여 묘사하였다. 한 사람이 승강기 종업원에게 'Please'를 붙이지 않고 'Top'이라고 말하였다. 그 이유는 아침에 'Good Morning'이라는 인사를 그의 사장에게 했는데 사장이 인사를 받지 않아 기분이 나빠서였다. 그런데 그 사장은 아침식사 때 부인한테 잔소리를 듣고 기분이 나빠 그 사람에게 인사를 받아주지 않은 거였다. 그의 부인은 요리사가 자기에게 무례했기 때문에 남편에게 잔소리를 하게 되었고, 요리사는 청소 도우미 여자가 자기에게 말대꾸를 하여 그 부인에게 무례를 저질렀다는 것이다.

가디너는 사람들은 나쁜 기분으로 세상을 전염시키며, 나쁜 예절은 어떤 범죄보다도 일상적인 삶에 해독을 끼칠 것이라고 말한다. 법은 사적인 예절의 수호자가 될 수 없기 때문에 많은 사람들이 나쁜 기분의 그림자 아래서 희생자로 살아간다는 점을 지적한다.

다수의 국민이 메르스로 인한 심리적 공포를 갖게 된 것도 메르스라는 미지의 바이러스 전염에 대하여 각종 매스컴이 무절제하게 방송한 탓이 아주 크다고 생각한다. '세월호' 사건 때도 모든 방송사에서 연일 그 사건의 충격적인 장면들을 심각하고 격앙된 어조로 보도

한 결과 다수의 국민이 우울증에 시달리는 결과를 가져왔었다. 매스 미디어 시대인 오늘날, 매스컴이 어떤 정보를 어떻게 제공하느냐에 따라 국민에게 미치는 심리적 전염 효과는 실로 막대하다고 아니할 수 없다.

이러한 부정적인 심리적 효과를 경험하며 누구에게나 일상적으로 긍정적인 심리적 효과를 기대할 수 있는 '웃음'에 대해 생각해본다. 웃는 것이 육체적, 정신적 건강에 좋다는 것은 누구나 대략 알고 있지만, 웃음을 생활화하기는 쉽지 않다. 그래서 최근에는 억지로라도 웃는 것을 도와주는 '웃음 치료사'라는 신종 직업까지 생겼다.

학자들에 의하면, 뇌는 거짓 웃음을 진짜 웃음과 똑같이 인식해 억지로 웃어도 90%는 정말 웃겨서 웃을 때와 같은 효과를 볼 수 있다고 한다. 미국 인디애나 주 메모리얼 병원 연구팀은 15초 동안만 크게 웃어도 엔돌핀과 면역 세포의 활성을 증가시켜 수명이 이틀 동안 연장된다는 논문을 발표했다. 18년 동안 웃음을 연구한 리버트 박사는 웃는 사람의 혈액을 분석하여 암세포를 공격하는 NK 면역세포가 활성화되어 있다는 사실을 밝혀냈다. 그밖에도 웃음에 관한 많은 연구들은 웃음은 바이러스에 대한 저항력을 향상시키고 진통제 역할을 하는 엔돌핀, 옥시토신 같은 신경전달 물질을 분비케 한다고 한다.

메르스 바이러스가 전 국민에게 심리적 공포 바이러스를 퍼뜨린 것처럼, '웃음 바이러스'를 전 국민에게 날마다 퍼뜨릴 수는 없는 걸까? 시청률이 가장 높은 뉴스 끄트머리에라도 '오늘의 웃음 폭탄'을 소개하여 전국의 시청자들이 배꼽 잡고 웃을 수 있게 만들어준다면 '웃음 바이러스'의 영향력도 꽤 클 것이다.

대다수의 방송사들이 충격적인 특종 기사감에 공을 들이듯이, 특종 웃음거리에 공을 들이면 얼마나 좋을까? 매스컴을 통해 연일 퍼지는 '웃음 바이러스'는 우울증에 시달리는 현대인들에게 엄청난 치유 효과를 가져다줄 뿐만 아니라 국민 전체의 행복지수를 상당히 높여줄 것이라고 확신한다.

해학적인 소설, 우화, 수필, 드라마 등을 쓰는 작가들도 많아져서 많은 사람들에게 웃음을 주었으면 하는 바람을 가져본다. 가정마다 그런 종류의 책이나 프로그램을 일상적으로 즐기며 힘들고 지친 삶에서 신선한 활력을 되찾으면 좋겠다.

어떤 무명씨가 지은 웃음거리를 짧게 재구성하여 이 글을 마무리하며 독자들에게 웃음 바이러스를 선사하고 싶다.

수업시간에 모자를 쓰고 있는 학생에게 교사가 물었다.

"왜 수업 시간인데 모자를 쓰고 있나?"

학생이 교사에게 물었다.

"선생님은 왜 안경을 쓰고 계시죠?"

"눈이 나빠서 안경을 쓰고 있지."

"저는 머리가 나빠서 모자를 쓰고 있는데요."

동성애의 그림자

요즘 동성애의 찬반 논란이 사회의 뜨거운 감자가 되었다. 얼마 전 동성애자들은 대낮에 서울 시청 앞 광장에서 엉덩이와 가슴을 내놓고 퀴어 축제를 하며 자신들의 인권을 보장하는 법을 하루속히 통과시키라고 주장하였다. 바로 옆에서는 기독교 단체들이 동성애는 하나님의 법을 무시하는 죄악이라며 반대시위 집회를 가졌다.

동성애자들이 퀴어 축제를 하기 얼마 전에 미국에서는 동성애를 합법적으로 승인하는 법이 통과 되었고, 오바마 대통령은 그 법이 미국 전역에서 시행하게 되었음을 자랑스럽게 여기며 미국의 승리라고 찬사하는 연설을 하였다.

최근에 동성애가 국내외적인 이슈로 부각되면서 우리나라 매스컴에서도 그 문제를 화젯거리로 다루기 시작했다. 대다수의 언론은 동성애자들의 인권을 보호해야 한다는 취지에서 긍정적으로 다루는 경향이다.

동성애자들은 사랑은 남녀 간에 그리워하는 감정이라는 오랜 세월 동안의 사회적 통념을 부정하며 성(性)과 상관없이 사람 사이에 존재할 수 있는 감정이라고 주장하며 그들만의 성적 취향을 인정해 주는 것이 인권을 존중하는 민주사회에서 마땅하다고 주장한다.

그들의 주장은 기존의 사회적 관습이나 윤리, 종교 등을 부정하고 개개인의 서로 다른 가치관을 존중하는 포스트모던이즘 사상과 부합하여 시대적인 설득력을 얻고 있다. 동성애자들은 세계적인 단체를 조직하고 나라마다 축제를 여는데 협력하며 그들의 주장을 합법적으로 확산해 가는데 이러한 시대적 조류를 효과적으로 활용하고 있는 셈이다.

우리나라는 유교적 전통 사상이 뿌리 깊이 내려있는 있는 사회인지라 얼마 전까지만 해도 다수의 사람들은 동성애를 음지의 독버섯처럼 바라보고 있었는데, 앞서 언급한 미국의 동성애 법 통과와 퀴어 축제 등으로 매스컴을 통해 동성애가 사회적 이슈로 공론화되면서 그에 대한 여러 가지 변화가 급속히 확산되고 있다.

동성애자들은 인터넷을 통해 동성애 사이트를 만들어놓고 그들의 활동과 그들이 주장하는 성에 관한 지식을 많은 네티즌들과 공유하고 있다. 그런데 호기심이 많은 청소년들이 회원으로 가입하여 그들의 왜곡된 성 지식을 여과 없이 흡수하는 상황이 무제한적으로 벌어지고 있다.

그 뿐만이 아니다. 동성애자들은 인공수정으로 아이를 낳기 위해 인터넷으로 대리모를 구하고 있고 '어린 바텀을 구합니다' 등의 '바텀' 아르바이트 광고를 통해 돈 벌기 어려운 어린 나이의 청소년들을 유혹하고 있다. '바텀' 아르바이트란 동성애자들에게 돈을 받고 항문을 빌려주는 성매매를 의미한다. 이를 본 청소년들의 일부는 돈이 필요하기도 하고 호기심이 발동하기도 하여 응한다고 한다.

특히 연간 수십만 명이나 되는 가출 청소년들은 그들을 상업적으로 이용하려는 성인들에 의해 합숙하는 일이 자행되고 있으며, 그러한 과정 속에서 동성애를 경험하기도 한다고 한다.

이러한 동성애 그림자의 마수가 나라의 미래를 책임질 꿈나무들에게 뻗어가고 있는 현실 속에서 대한민국의 성인 다수는 강 건너 불구경하듯이 동성애 문제를 바라보고 있거나 일부 기독교 단체들은 동성애 법을 거부해야 한다는 소극적 주장을 하고 있는 수준에 머무르고 있다.

더 심각한 것은 국가에서 지원하는 성교육 프로그램을 동성애자들의 단체들이 신청하여 성소수자의 인권을 보호하는 것이 옳다는 강의를 적극적으로 하고 있다고 한다. 또한 어린이청소년 인권조례에서도 성적 지향을 차별 받지 않아야 한다는 조항이 들어있다.

아직 성 정체성이 확립되지 않은 청소년들은 이와 같은 사회적 환경 하에서 동성애에 대한 어떤 가치관을 갖게 될까? 아마도 다수의 청소년들은 동성애자들의 인권을 보호하는 것이 마땅하다고 할 것이며, 자신들이 동성애자가 되는 것에 대해서도 거부감을 갖지 않을 것이다.

미국에서처럼 우리나라에서도 동성애 법이 머지않아 통과된다고 하면 청소년들에게 미치는 영향은 어떨까? 과연 정부나 청소년을 둔 학부모들은 어떻게 대비하고 있을까? 지금처럼 통과 여부에 대해 갑론을박하며 입씨름만 하거나 방관하는 태도로 지켜만 본다면 이 나라의 청소년들은 누가 보호해줄까?

학업에 지치고 성에 호기심이 많은 청소년들이 해마다 다양한 볼거리가 있는 퀴어 축제 현장으로 몰려나오거나 축제 현장의 동영상을 인터넷으로 보고, 동성애자들의 사이트를 일상적으로 접속하며 그들의 문화를 접한다면 청소년들의 성에 대한 의식과 행동은 어떻게 변화할까?

그렇잖아도 도시 문명사회가 되면서 퇴폐적인 성문화가 만연해 있는 오늘날, 동성애 문화마저 확산된다면 청소년들의 성문화는 더욱 더 왜곡될 게 뻔할 것이다.

국가적으로 봐도 저 출산 문제가 심각한 요즘, 동성애가 확산된다면, 출산 장려 정책에도 악영향을 줄 것이다. 더 심각한 것은 유구한 세월 남녀 결혼제도에 뿌리를 두고 있는 호적 제도의 수정이 불가피할 것이다. 성경에서 말하는 남녀가 결혼하여 생육하고 번성하라는 가정의 질서는 무너질 것이다.

머지않은 장래에 벌어질 수 있는 부모와 자녀의 대화를 상상하며 동성애를 내 가족의 문제로 숙고해본다.

아들: 엄마, 결혼할 사람 생겼어.

엄마: 어떤 여자니?

아들: 엄마, 놀라지마. 사실은 여자가 아니고 남자야.

엄마: 뭐? 남자라고?

아들: 난 동성애 체질인가봐. 여자보다 남자가 좋더라구.

엄마: 미쳤구나. 니 새끼는 어쩔려구?

아들: 입양하거나 대리모로 낳으면 돼.

요즘은 돈만 있으면 대리모도 얼마든지 구할 수 있어.

행복 비타민

(인천 남구 문예대상에서 수상, 2015년)

주안문화센터에서 영어 강의 봉사를 한 지도 어느덧 13년이 흘렀다. 제 1기 강사 모집을 할 때가 생각난다. 모집 광고를 보자마자 서둘러 전화를 했었다. 그 전에도 6개월에서 1년 정도씩 몇 군데에서 영어 봉사를 한 적이 있었지만 대부분 수강생 인원이 적어 강의를 오래 지속하지 못하고 폐강을 했었기 때문이었다. 수강생들의 다수는 지역 주민들이었는데, 바쁜 가정사로 강의에 자주 빠지거나 한두 달 만에 포기하는 분들이 많았었다. 그럴 때마다 봉사를 하는 것도 결코 쉬운 일이 아니라는 것을 절감하며 가슴이 아팠었다. 그러던 차에 다양한 강좌로 구성된 대규모의 문화센터를 운영한다는 광고를 보게 되어 의욕적인 관심으로 강사 신청을 하게 된 것이었다.

당시에 나는 대학에서 10여 년 이상 영어 강의를 하고 있을 때였다. 그 무렵 수년 전부터, 기독교인인 나는 '가르치는 것'이 하나님이

나에게 주신 소중한 선물이라고 확신하게 되어 '재능 기부'에 뜻을 두게 되었었다.

주안문화센터에서 강의한 과목은 '영어성경'과 '생활영어'였다. 수강생들은 30대부터 60대까지의 주부들이 대다수였고 강의 시간은 일주일에 2시간 반이었다. 이전에 폐강의 경험이 있었기에 수강생들이 빠지지 않고 흥미롭게 수업에 임하게 해달라고 기도하며 그들을 겸손한 자세로 섬기고자 노력하였다. 강의 내용은 영어뿐만 아니라 가치 있는 삶의 목적을 갖는 것과 재능 개발의 중요성을 강조하였다.

수업이 끝난 후에는 수강생들과 식사를 하며 즐거운 친교의 담소를 나눴다. 시간이 흐를수록 수강생들과 점점 친밀하게 되었고, 그들 중 다수는 가정사, 특히 자녀 교육에 대한 상담을 주로 하였다. 10여 년 동안 상담의 좋은 성과도 많이 있었다. 수강생들의 자녀를 캐나다에 어학연수를 보낸 수만 해도 50여 명에 달했다. 수강생들은 연수를 다녀온 자녀들이 학업에 대한 흥미와 자신감이 많이 향상되었다고 이구동성으로 이야기 하였다.

특별히 기억에 남는 수강생 자녀를 소개해보겠다. 10년 전쯤에 한 주부의 대학생 아들과 딸 둘을 캐나다에 10개월간 어학연수 보내는 것을 도와준 적이 있었다. 그 후 2년쯤 지났을까 까마득히 그들을 잊고 있던 어느 날, 그 학생들 아버지께서 전화를 하여 식사 대접을 하겠다고 하였다. 만나서 이야기를 나눠보니, 학업을 소홀히 하여 학사 경고까지 받았던 아들은 연수 후 복학을 하여 한 학기 전액 장학금을 받았고, 아나운서가 되겠다고 허황된 꿈을 꾸던 딸은 영어 전공도

하지 않았는데 대학입시 학원에 취직을 하여 인기 있는 영어강사가 되었다고 했다. 이야기를 듣는 동안 나의 심장엔 기쁨과 보람의 피가 뜨겁게 솟구쳤다.

수강생들에 대한 잊히지 않는 추억도 많이 있다. 한 학기를 시작하면 3개월간 지속되는데, 거의 매 학기 끝날 무렵이면 인천대공원, 옥구공원, 강화도 등으로 소풍을 가서 친목을 다졌다. 수강생들이 정성껏 요리하여 준비한 다양한 음식으로 수다를 떨며 식사도 하고 기념사진도 찍던 일이 가장 기억에 남는다.

수강생들과의 해외여행 체험은 잊을 수 없는 특별한 추억이다. 일부 수강생들과 함께 캐나다 밴쿠버를 5번 정도 여행하였다. 현지의 몇몇 가정집 방을 세내어 3주 정도 체류하는 동안, 오전에는 어학연수학교에서 영어를 배우고 오후에는 밴쿠버의 유명한 관광지들을 탐방하였다. 아침과 저녁, 집에 있는 시간에는 주인 가족들과 영어로 대화하는 체험을 만끽하였다. 여행에 동참한 수강생들은 현지 경험을 통해 영어에 대한 두려움을 다소나마 극복하는 계기가 되었고, 영어 공부에 대한 필요성도 절감하게 되었다.

수강생들과의 자유롭고 편리한 소통을 위해 다음포털사이트에 '김완수영어마을'이라는 카페를 만들어놓았다. 10여 년 동안 수강생들과의 추억이 담긴 사진들도 저장해놓았고 새로운 소식이나 의미 있는 글들을 수시로 공유하고 있다. 영어에 관한 질문이나 상담을 요청할 창구도 항시 열려 있는 셈이다.

13년 동안 수업을 하며 힘든 고비가 전혀 없지는 않았다. 2년 전에는 갑자기 사물이 이중으로 보이는 복시(複視)가 생겨 수업을 원활히 진행하기 힘든 상황이 왔다. 병원 치료를 받으며 심각한 심리적 갈등이 일어났지만, 포기하기는 너무 아쉬워 콜택시를 타고 수업에 참여해 수강생들에게 사정 이야기를 하고 간신히 책만 보고 강의를 진행했다. 수강생들이 이중으로 보여 그들을 쳐다볼 수 없었기 때문이었다. 수업이 끝난 후에는 친절한 반장이 승용차로 집까지 데려다주었다. '사명이 있는 자는 결코 죽지 않는다'는 리빙스턴의 말을 마음속으로 외치며 죽을힘을 대해 수업을 강행했는데, 놀랍게도 2주 만에 시력이 완전히 회복되어 강의를 정상적으로 지속하게 되었다.

1년 전쯤에는 대학시절 고시공부를 하다 생겼던 왼쪽 머리 근육이 몹시 땅기고 잠이 안 오는 난치병이 악화되어 죽음 직전에 이르렀다는 생각으로 가족들에게 유서까지 쓰게 되었다. 도저히 문화센터 수업을 지속할 수 없을 것 같아 뼈아픈 눈물을 삼키며 그 해 마지막 학기를 한 달 정도 마무리하지 못한 채 강의를 포기하게 되었다. 10년 이상 해오던 강의를 그만두는 심정은 말로 다할 수 없는 고통이었다. 투병 중에도 수시로 강의실 장면이 떠올라 흐르는 눈물을 억제할 수 없었다.

미련을 온전히 내려놓기 위해 간절한 기도를 하며 2달간 주어진 방학을 보내던 중, 놀랍게도 질병의 차도가 생겨 문화센터 강의를 다시 하고 싶은 의욕이 불타올랐다. 그리하여 강의 담당자에게 허락을 받고 그 다음해부터 강의를 재개하였다. 내 인생에 끝났다고 생각했던 수업을 다시 할 수 있는 기회와 건강을 기적처럼 회복시켜주신 하나님께 깊은 감사의 기도를 드렸다. 지난 10여 년을 회고해보면, 처음엔 봉사란 무료로 내가 가진 재능을 베푸는 것이라고 자랑스럽게 생각했지만, 해가 거듭될수록 그 무엇으로도 얻을 수 없는 행복 비타민이라는 것을 깨닫게 되었다. 봉사를 하러 갈 때마다 고결한 의욕이 충만해졌고, 강의를 하는 중에는 평소에 느끼지 못하던 뜨거운 열정의 에너지가 가슴과 목소리에 흘러넘쳤고 강의를 듣는 수강생들의 빛나는 눈동자들과 마주칠 때는 나의 가치 있는 존재감을 절감하게 되었다. 봉사를 끝내고 돌아오는 길에는 몸과 마음이 상쾌하고 뿌듯하여 콧노래가 절로 나왔다. 뿐만 아니라 봉사로 인해 생긴 기쁨과 보람의 에너지는 일주일 내내 높은 행복지수를 유지해주는 삶의 활력소가 되었다. 게다가 봉사는 다양한 직종의 좋은 분들을 많이 사귈 수 있는 뜻 깊은 기회가 되었다.

오늘도 차에 시동을 걸고, 수강생들의 심장에는 수업에 참여하고자 하는 의욕의 불을 붙여주시고, 나의 심장에는 열정적인 사명감의 피가 끓어 넘쳐서 수강생들의 영혼을 행복한 보람으로 뜨겁게 하는 감동적인 강의가 되게 해달라고 간절한 기도를 드리며 문화센터를 향해 달린다.

고마워요, 미안해요, 사랑해요의 감동적인 삼중주(三重奏)

-《남편의 비밀 일기》로 본 김완수의 문학세계 -

오창익(문학박사 · 創作隨筆 발행인)
조선일보 신춘문예 소설 입선(1965년)
한국일보 신춘문예 수필 당선(1977년)

작가 김완수 님은《남편의 비밀 일기》를 펴내는 머리말에서 이렇게 고백하고 있다. "오랜 동행의 세월동안 해바라기처럼 나만을 바라보며 마음과 육체의 진액 전부, 아니 다시는 돌이켜 살 수 없는, 단 한 번뿐인 삶 전체의 잔뿌리 하나까지 다 바친 아내에게 '고마워요, 미안해요, 사랑해요'란 짧은 세 문장을 단 한 번도 따뜻한 마음에 담아보지 못했다."라고.

그러니까, 첫 번째로 상재하는 이《남편의 비밀 일기》야 말로 단 한 번도 입밖에 내지 못했던 그 '고마워요, 미안해요, 사랑해요'란 세 마디를 함축, 은유(隱喩)하는, 실로 30여 년 만에 아내에게 시와 수필로 마음을 열어 보이는, 뜨거운 고백인 셈이다. 참고 늘 참아왔던 그 '30년만의 마음 열음!', 듣고 보니 너무나 예스러운 남편으로서의 너무나 겸허하고, 너무나 인간적인 고백이 아닐 수 없다. 머리가 숙여진다.

또한 그 인간적인 고백의 대상이 언제 어디서나, 어느 작품 어느 행간에서나 한결같은 효부(孝婦)로서의 며느리이고, 열녀(烈女)로서의 아내이기에, 그가 바로 저자의 영원한 동반자이기에 읽는 이에게 따뜻한 공감(共感)을 준다. 또한 그 대상의 마음자리가 늘 진리보다는 진실의 편에 서 있기에 뜨거운 감동(感動)을 준다. 그 공감과 감동이야 말로 수필문학이 지향하는 최상의 극점(極點)으로서, 바로 우리가 주목하는 김완수 수필의 꽃이요 열매인 것이다.

주지하다시피 작가 감완수 님은 평생을 교단(教壇)에 몸바쳐온 교육자다. 시인이자 수필가요, 또한 독실한 기독교인이다. 하기에, 그의 작품은 늘 시를 닮은 수필이요, 수필을 닮은 시다. 아니, 성경말씀으로 경건하게 쓰는 시와 수필이다. 작품《아플 때만 잘해요》에서 보인 "노하기를 더디 하는 자는 용사보다 낫고, 자기의 마음을 다스리는 자는 성을 빼앗는 자보다 나으니라.(잠언 16:32)"가 그 좋은 예다. 감동적이다.

수필 같은 시도 예외 아니다. 항상 포근한 정감으로 주제의식을 형상화한다.《당신은 초인》이란 시 한 편을 예시한다.

당신은 초인

화전 밭 같은 보금자리
밤낮으로
피와 땀 거름을 주어
박사의 꽃을 피워낸
의지와 근면의 혼(魂)불

병약한 몸
꺾일 듯 휘청대면서도
세찬 비바람을 견뎌내며
시인의 열매를 맺게 한
인내와 희생의 혼(魂)불

피땀 쏟으며
비바람 견디는
초인정신 뿌리는
날마다 무릎 꿇고
뿜어대는 영(靈)불

제한된 지면이기에 《남편의 비밀 일기》의 작품세계를 편의상 앞에서 밝힌 바 있는, 예의 그 '고마워요', '미안해요', '사랑해요'로 가름하여 살펴보기로 한다. 주목되는 작품에서 한 두 문단씩을 예시한다.

먼저 '고마워요'의 가름이다.

돌아가신 아버지가 그리울 때마다 아버지의 자랑스러운 미소가 떠오른다. 동시에 형님댁에서 아버지가 더 이상 있기가 불편하다고 우리 집으로 오신다고 하실 때 흔쾌히 받아들인 아내가 더없이 고맙기만 하다.

-작품《자랑스러운 미소의 주인공》에서

여보! 고마워요. 당신은 우리 집안에 날아든 천사임에 틀림없소! 당신은 낳아준 부모가 아닌데도 이 세상의 어떤 친 자식 이상으로 아낌없이 효도를 한 효부라 생각하오. 그 고마움을 어찌 몇 마디 감언이설로 표현할 수 있으리오.

-작품《고부간의 갈등은 낯선 외래어》중에서-

다음은 '미안해요'의 가름이다. '고마워요'가 진 은혜가 태산 같아서 감사, 또 감사하다는 마음이라면, '미안하다'는 역시 진 은혜 갚을 길이 없어 죄스럽고 편치 않다는 마음이다. 감사와 죄스러움, 겉은 다르지만 속은 하나 같은 동의어(同義語)다. 보다 예스럽고, 보다 겸손하고, 보다 인간적인 남편만이 가질 수 있는 '마음자리'다. 그 귀한 마음자리가 곧 김완수 수필의 바탕이기에 인간미나 인간성 회복으로만 가능한 '문예화의 감동'이 바로 거기에, 그《남편의 비밀 일기》속에 있는 것이다.

순서대로, '미안해요'의 마음자리를 살펴본다. 역시 두 작품에서의 한 문단씩이다.

여보! 충청도 촌뜨기 출신인 내가 이러한 생각을 한다는 자체가 당신 덕분이오. 당신이 물심양면으로 적극적인 격려와 후원을 하지 않았더라면, 영어권인 나라에 가보고 싶은 미련만 가진 채 열등감이 많은 영어 선생으로 은퇴를 했을 것이오. 나만 아홉 번씩이나 가서 미안하오.

-작품《아홉 번의 캐나다 여행》에서-

여보! 어떠한 비바람이나 눈보라에도 꺾기지 않고, 줄기차게 하늘만 바라보고 뻗어가는 성품을 가진 당신이 정말 자랑스럽소. 남편을 변함없이 신뢰하며 하나님께 쓰임 받는 전무후무한 감동적인 책을 쓰게 해달라고 날마다 기도해주는 당신이 정말 고맙소. 당신의 뜻을 실망시키지 않기 위해 영혼의 피와 눈물을 쏟아부을 것이니 조금만 더 믿어주며 기다려주오. 미안해요!

-작품《대나무》에서-

다음은 끝으로, '사랑해요'의 가름이다. 사랑, 주지하다시피 사랑이란 넓게는 동정, 긍휼, 구원(救援)의 뜻으로 쓰이지만, 가깝게는 이성간의 서로 그리는 마음으로, 어여삐 여겨 온갖 정성과 힘을 다한다는 뜻일 터.

하여, 여기 세 번째 '사랑해요'의 마음자리는 곧 작자의 사랑하는 아내이기에 그 '여보!'를 위한 내용에서, 간곡한 사연만을 발췌하여 예시한다.

여보! 고마워. 당신의 39년 흘린 피땀의 보너스 선물인 항공권으로 소중한 여행을 선물해줘서. 그 동안 공직 생활을 하느라 바쁘고 힘들게 살았으니, 이제부터 건강관리 잘 하면서 퇴직과 함께 찾아온 시간적, 경제적 여유를 여행으로 수놓으며 정겹게 걸어갑시다. 사랑해요!

-작품《제2의 신혼여행》에서-

인터넷에 보면 미안하고 감사한 마음을 죽은 아내에게 편지나 시를 통해 바친 사람들이 더러 있다. 그런데 건강을 다시 회복하여 살아갈 날이 많이 남아있다고 생각하니, 죽기 전에 아내에게 사랑의 빚을 갚을 수 있는 기회를 주신 하나님께 무한 감사를 드린다. 여보, 고맙고 사랑해요!

-작품《복시》에서-

축하한다.《남편의 비밀 일기》의 상재를 진심으로 경하 드린다. 이 책은 명제에서도 밝혔듯이 '고마워요, 미안해요, 사랑해요'란 세 마디의 의미를 함축, 은유하는 감동적인 삼중주이기에 뜨거운 박수를 보낸다.

뿐인가. 40여 편에 이르는 여기 작품들이야 말로 '너무나 예스러운 남편으로서의 너무나 겸허하고, 너무나 인간적인 고백이기에, 실로 30년 만에 아내에게 바치는 시와 수필이기에 작품집《남편의 비밀 일기》와 그 저자에게 뜨거운 기립박수를 보낸다.

1부에 대한 소감

교수님께 오랜만에 독후 감상문 부탁을 받고, 원고를 읽게 되었습니다. 읽다보니 교수님이 레이저 같은 눈빛으로 제자들에게 꿈을 가지라고 하시던 장면들이 기억났습니다. 저희 철부지 제자들은, 교수님은 교수님이니까 원래 똑똑하셨을 것이고, 집안도 좋았을 것이라고 당연히 생각했었는데, 교수님이 이런 수많은 어려움의 과정을 겪고 나서 하신 말씀이었구나 생각하니 괜스레 온 삶을 다 실은 격려와 사랑어린 조언을 그 가치만큼 귀하게 듣지 못했구나 싶어서 못내 아쉽습니다.

제가 알고 있는 교수님의 글이라는 사실을 잊고, 이 글을 쭉 읽어봐도 한 중년남자의 애절한 사랑고백은 20대 후반인 제게도 눈물이 글썽여지는 감동적인 내용이었습니다. 얼마나 아내가 해주었던 것이 많은지 당시에는 다 모른다고 해도, 세월이 흐르는 동안 계속 느껴가며 마음속 깊은 곳으로부터 고마워하는 고백들이 참 따뜻하게 느껴졌습니다.

아름다운 가정을 이루고 싶은 한 여자로서 앞으로의 모습을 상상해 봐도, 글속에서 묘사되고 있는 아름다운 섬김과 착실한 태도를 평생 유지한다는 건 참 어려운 일일 텐데 꼭 본받아야겠다는 감동이 들었습니다. 자신과 자신의 남편, 자신의 아들, 며느리, 시아버지까지 복을 받고, 그뿐 아니라 도서관에 찾아온 외국인 학생의 어려움 하나도 쉽고 편하게 넘어가지 않고 먼저 헌신했던 그 정성과 사랑이 한국에서 많은 중국인들을 전도하게 되는 선교사의 역할도 감당하셨던 모습이 인상적이었습니다.

있는 그대로 사랑할 수 있고, 사랑받을 수 있는 것은 아무리 봐도 정말 큰 능력인 것 같습니다. 대부분의 관계가 욕심과 이기심이 그것을 막고, 본인의 틀대로 상대를 맞추려고 하는데, 자신이 먼저 그 싸움에서 내려와 사랑하고 손 내민다면 어떤 남편을 만나도 남편에게 이런 고백이 나오도록 할 수 있겠구나 싶기도 했습니다.

이 글이 세상에 나오기 전, 먼저 감동을 느낄 수 있어서 영광입니다. 지금은 감사하게도 많이 회복되셨지만 죽음이 점점 가까워오는 상황 속에서 누구나 쉽게 하게 되는 절망과 낙담의 어두움을 표현하며 시간을 낭비하기보다 기도하고 감사하며 소중한 관계들을 되돌아보는 것이 사람이 할 수 있는 가장 올바른 모습이겠구나 싶습니다. 아름다운 관계들을 추억하며 특별히 이렇게 세상에 드러내는 책으로 함께하게 되니 그 가정이 얼마나 복 된지 느끼게 됩니다. 그런 의미에서 젊은 나이에 이 글을 볼 수 있어서 감사하며 글속에서 계속 말씀하고자 하시는 교수님의 진심을 기억하며 인생을 아끼겠습니다.

2부에 대한 소감

살아오면서 수없이 했던 '왜 그래야만 하죠?'라는 질문을 멈추게 한 건, '그 남자'의 한결같은 사랑과 대신 죽어주기까지 했던 헌신이었습니다. 또한 앞으로 살아가면서 겪을 수많은 고민과 못된 마음들을 멈추게 할 유일한 열쇠(key)도 그의 사랑일 것을 믿습니다.

못된 마음이란 사랑하기 싫은 마음, 먼저 손 내밀기 싫은 마음, '목에 걸린 가시'라는 글에서처럼 다급할 때 신호등을 굳이 왜 지켜야하는지 원망하는 마음, '아버지의 마음'이란 글속 인물 큰 아들처럼 받은 은혜를 잊고 불평하고 비난하는 마음입니다.

이 못된 마음이 드는 것은 그 남자가 내게 준 '행복을 위한 법들'에 숨어있는 그의 속 깊은 마음을 잘 모르기 때문이란 걸 느낍니다. 성경에는 일만 달란트, 이 시대 우리 돈으로 계산하면 4조 2000억 원을 탕감 받은 사람의 이야기가 나옵니다. 4조 2000억 원이라면 한 사람이 인생에 태어나서 평생 종노릇을 해도 갚기 어려운 어마어마한 액수입니다. 그 10분의 1인 4억 2000만 원이라면 어떻게 노력이라도 해볼 텐데, 1만 달란트는 도저히 감당할 수가 없는 금액이 명백합니다.

그런데 임금이 그 사람을 불쌍히 여겨서 없었던 것으로 해 줍니다. 너무너무 감사하며 돌아가는 길에 그 사람에게 100데나리온, 즉 2500만 원을 빚진 자를 만나서 멱살을 잡고 옥에 가두자 그 동료들이 그것을 보고 임금에게 그 일을 고발하고, 결국 1만달란트 탕감 받은 자 역시 옥에 갇히게 됩니다.

그 남자의 법과 사랑은 단순하고 분명한 것 같습니다. '널

불쌍히 여겼으니 너 역시 남들을 불쌍히 여기며 사랑하라'는 것이지요.

이 책의 '종소리'라는 글에서 나타나듯이, 세상의 모든 고통과 어려움을 대신 짊어진 채 그저 조용히 세상을 위해 자신의 종을 울리며 살아간 그 남자의 묵묵한 희생이야 말로 하루하루 본인이 주인 되어 살아가는 우리의 삶에 깊은 울림을 주는 것 같습니다.

하루하루 삶속에서 그 남자의 사랑을 깨달으며 교수님이 적어 가셨던 각각의 주제가 그 사랑의 깊이를 절절히 느끼게 합니다. 우리가 행복하라고 율법을 만들었던 그 남자의 사랑을 깨달은 바를 다룬 '목에 걸린 가시', 그 남자를 따르는 사람들 모두가 한번쯤 느껴봤을 죄의 무게와 자책감에서 자유할 수 있도록, 문제의 본질을 보게 돕고 있어서 참 감사했습니다.

그 남자가 '역지사지'라는 말을 쓰면, 그를 사랑하는 자의 얼어붙은 마음이 한없이 녹아내릴 수밖에 없는 것을 교수님은 깊이 헤아리신 것 같습니다. 이기심으로 뒤엉킨 삶속의 수

많은 인간관계 속에서도, 이해 불가의 오해를 다 짊어진 채 타인들을 원망하지 않고 본인의 길을 꿋꿋이 걸어간 그 남자의 깊은 사랑을 깨닫게 하시니 그 지혜가 놀랍습니다.

또한 '불쏘시개'라는 글에서 많은 감동이 있었는데, 최근 제 삶에 '불쏘시개'와 같은 새로운 생수가 필요하다고 생각했습니다. 하지만 나약한 인간이라 스스로 다시 힘을 내지도 못하고, 그저 염치없이 그 남자의 손길을 마냥 기다리고만 있었던 것 같습니다. 그런데 그 남자는 역시 교수님의 글을 통해서 제게 삶에 대한 새로운 열정과 생명을 소생시키고, 그에게 받은 사랑을 되갚는 삶을 살아갈 수 있도록 분명한 목적과 사명감을 타오르게 해주었습니다.

'가시 돋친 장미' 글에서 느낀 바는, 육신을 보면 가시가 보이고 형편없음 가운데 머물러 동정을 구하게 되는 소심한 범인들에게, 그 열등감과 수치심을 신앙심으로 승화하여 그 남자의 사랑을 적극적으로, 담대하게 나누며 살아가는 본보기를 보여주셨습니다.

올 한해는 그 남자의 사랑을 거부하는 사람들에게 단순한 말 한마디로 내가 할 사명을 다했다고 착각하는 대신에, 더 그 사랑을 경험해서 말 한마디 행동 하나에도 깊이 있는 사랑을 담을 수 있게 준비해야겠다는 생각을 했습니다.

3부에 대한 소감

'손 편지'에 대한 추억은 참 따뜻합니다. 저도 어렸을 때부터 받았던 아주 작은 쪽지도 도저히 버릴 수가 없어서 이십여 년이 지난 지금까지 그대로 방 한 켠에 간직하고 있습니다. 편지란 '마음'을 담는 것 일 텐데 삐뚤빼뚤 쓴 글씨에서도 그 글을 쓴 사람의 필체에 의해 진심이 더 전달되곤 하는 것 같습니다. 오늘은 사랑하는 주위사람들을 위해 손 편지로 제 마음을 전달해봐야겠습니다.

'이름' 이 얼마나 영향력이 있는지 느낍니다. 성경에 많은 사람들도 이름대로 살게 되고 불리는 대로 믿게 되는 법칙이 실현되곤 하였는데, 저도 제 이름 안에 있는 의미들을 살펴보고 제가 태어난 목적 그대로 이 땅에서 해야 할 일을 완성하고 싶습니다.

'독거노인의 한숨'과 '눈물짓는 사랑의 불꽃'을 읽으면서는 글속에 나타난 숭고하고 따뜻한 사랑에 감동하게 되었고, 삶속에서 나는 어떤 희생이 있었을까 돌아보게 되었습니다. 최근에 사람이란 도대체 얼마나 이기적이고 자기 생각만 하는 존재인지 느끼면서, 어렸을 때부터 어른들이 말하는 '질린다'라는 게 뭔지를 알겠다는 생각마저 들었었습니다. 왜 사람들이 마음 문을 닫게 되는지, 왜 자기 가족만 챙기게 되는지, 왜 점점 사회가 삭막해지는지 절감했었는데, 이런 섬김의 사람들이 세상에 아직 존재한다는 사실만으로도 큰 위로를 얻었습니다.